夜晚潜泳者

余退 著

百花洲文艺出版社
BAIHUAZHOU LITERATURE AND ART PRESS

图书在版编目（CIP）数据

夜晚潜泳者 / 余退著. -- 南昌：百花洲文艺出版社,2021.12

ISBN 978-7-5500-4492-0

Ⅰ.①夜… Ⅱ.①余… Ⅲ.①诗集－中国－当代 Ⅳ.①I227

中国版本图书馆 CIP 数据核字（2021）第 229918 号

夜晚潜泳者
YEWAN QIANYONGZHE

余 退 / 著

出 版 人	章华荣
责任编辑	郝玮刚　蔡央扬
封面设计	肖景然
书籍装帧	兰　芬
制　　作	书香力扬
出版发行	百花洲文艺出版社
社　　址	南昌市红谷滩区世贸路 898 号博能中心 A 座 20 楼
邮　　编	330038
经　　销	全国新华书店
印　　刷	苏州彩易达包装制品有限公司
开　　本	880mm×1230mm　1/32　　印张　6.75
版　　次	2021 年 12 月第 1 版第 1 次印刷
字　　数	150 千字
书　　号	ISBN 978-7-5500-4492-0
定　　价	48.00 元

赣版权登字　05-2021-419

网址　http://www.bhzwy.com

图书若有印装错误，影响阅读，可向承印厂联系调换。

余 退 ·····

本名曹高宇，1983年出生，温州洞头人，中国作家协会会员，已出版诗集《春天符》，入选2019年度浙江省"新荷十家"。

在大海边，他带着一杆电焊枪

池凌云

　　余退生活在温州瓯江口外的洞头岛上，洞头岛有百余个小岛，因而当地居民称洞头为"百岛洞头"。虽有百岛逶迤，海面视野辽阔，但很多岛屿都无人居住，是无人岛，居民大都生活在本岛。在20年之前，从岛屿到大陆，没有道路可以直接通行，后来跨海大桥建成，岛民们才不用担心因入夜或天气原因，导致渡船停航而无法到大陆上来。有了跨海大桥，出行方便，城市喧闹的生活也流入到海岛，外来的人群想要岛上干净的沙滩、漂亮的贝壳，要海浪翻卷的模样，要海上的日出日落。而一直居住在洞头的岛民还在安静节俭地收集渔网、旧船，小心保存海鲜旺发时晒干的海鲜，以备鱼获淡季时食用。他们深知靠海吃海，不是那么容易的一件事。那是生命与大海的博弈，这里的艰难并不会让诗意直接发生，但艰难会给心存热爱的诗人留下诗意。

　　我与余退认识有十多年了。近六七年，我与他以及洞头的其他诗人常有交流，我们交流诗歌，也谈生活，他们都是内秀、不善言辞的人，都有一颗虔诚的诗心。余退的诗我读得不少，让我感受到这片蓝土地对他的丰厚馈赠。他没有辜负他的生活，他这些年的努力都在诗行里坚实地留存下来了。

几年前我对他的一首短诗《请勿带来第二个愿望》有过深刻印象，当时他的大部分诗歌写得还是比较拘谨，还在贴着地面飞，从这一首开始，凸显出了异质：

第一个愿望已经实现：
坐在面海的山顶，我握着的水壶
粘满油菜花粉。三月的风早已转暖
无垠的海水足够双眼仰泳整个下午

不知道为何已心满意足
大海，请勿带来第二个愿望
我看见，白鸥立在蓝色的船尾进港了

这首短诗只有七行，却达成了写作的救赎，这个坐在面海的山顶的人，手里握着的水壶粘满油菜花粉，他觉得"无垠的海水足够双眼仰泳整个下午"，在这个春天，海水与双眼水乳交融，这样就已经心满意足，请大海不要带来第二个愿望。如此安宁美好，不再需要别的，但白鸥——另一个美的信使，也已经进港。这样节俭而隐秘的赞叹，相信热情奔放的大海也唯有欣然接受。

读到这首诗的时候，我确定诗神已经在眷顾这个踏实生活、诚实有爱的青年了。后来的几年，余退的写作一直保持比较好的状态，语言艺术上对难度、深度的追求也愈加明显，而且取得了可喜的成果。他已经从初期部分地依赖现实具象的诗意，发展到自己擦亮火花,他依傍的蓝土地,哪怕枯燥无味,他也能寻找到一条诗歌的秘密通道启航了。现实的局限不会再妨碍他,这对一个诗人形成长久、自觉的写作,是重要的一步。一些悖论式的诗歌也随之出现,在他的诗歌《空洞史》中,他说出了与他的年龄不相匹配的生活的秘密:"我发现自己根本不了解这门/关于空洞的艺术。不了解粗糙之手的/企图,让绿色的尼龙线/环绕着尼龙线,像是训练永不停工的送葬队……"这样的句子让我心惊。渔民们去捕获鱼,以搜捕为目的,但是他却看到了送葬队。这一刻,大海收起了波浪,展现出包藏着众多碎片的曲线,这曲线中无声的空洞与死亡,赋予大海一种新的形态。

"大陈伯给我看破损的网洞/他说:这里肯定挣脱过一条/凶猛之物。我伸手,摸到了大海/愤怒的伤口,仿佛它正再次撤退",对于漏网的东西,一个渔民的后代,却如释重负,甚至心中浮上一种安慰。这里不仅有诗人悲悯的天性,更有他从固有的日常经验中发掘的"存在的理由",以及对他者的关怀。一代代渔民,承担的使命已经发生了变化,而这种变化,足以安慰我们自身的某些缺失与"撤退"。

在余退的很多诗歌里,他者的形象一直在不同的场景出现,他除了看到生活中不堪的一面,也竭尽全力去发现诙谐有趣的一面。他有首《书虫》,写摧毁了一本书的书虫,让书没有了完整的句子,而且书虫是唯一的活物,这有点可怖的生命的秘密,以一只小书虫来道出:"这里就是它的婚床/就是它的天空,就是它的坟墓/它在运用着极度漫长的神力/一颗星星消失/出现沙,出现沙……"这场景我们不会陌生,不需要更多词汇,这消逝,我们看见,我们缄默。好在诗歌是部分地留住消逝事物的工作,仅此一项，仍然值得欣慰。在他眼里，一切事物都焕发着诗意，他的《春日里的婴泣》这样描写婴儿的啼哭：

那未损的嗓音，在春光中独自领唱
拔除每一具阻挡花骨朵开放的
栅栏；像是翻新了儿时我短暂拥有
两排牙齿时的惊慌和异质感

这哭声在他的感受中是那么自由，"我多么羡嫉他无知的/哭声。哭声里的野蜂舔舐油菜花/使二者皆金黄；那哭声像是替春日匆匆/掩埋的病患秘密发丧，再厚葬一遍……"这表面平静的诗行，像海水下涌动的汩汩暗流，突然就会与读者产生细微的摩擦。婴儿与死亡，两个相互对立的事物，因为哭声被他联系到了一起，这是对记忆中某些碎片的记录，也有诡谲的联想。"生与死交织，爱与美共存"，而"唯有土是真正的不老药，那些掩埋了/亲人的古老土壤，保存着年龄的鲜度"（《不老药》），这是诗人对土地的爱恋。他曾经说：所有人都是大地的子女。

读他《语言就是行动》这首诗，开头从萨特的理论"语言就是行动"引起，但又反驳了这种观点，"而我深切知道语言只是行动的侏儒"，在这里，"侏儒"是一个隐喻，是诗人对于语言改变现状的无力感的体会。"吃语言的人才了解这里的困境和耻辱"，这里"被吃"的语言，应该不止语言本身的晦涩与难以揣摩，还有诸多语言之外的因素在限制着语言。诗人推崇更为实际的"行动"，"只有在忘我的时刻/陷溺于写作的幻境"，这里诗人的自我独白，略带伤感。

余退的诗常有温和而悲悯的场景，但他较为克制，常常借助他者来完成所见事物的转述。"以衰老之手，他释放了/被石头围困的女神的/脚趾，像是从积雪中取出/一朵雪莲……"（《造神》）伟大的艺术经常出于街巷艺人之手，而且往往是老人，正如诗人所提到的，"以衰老之手"。一尊石像，引发"神"诞生的猜想，或许，在诗人看来，街头艺人手中正诞生着一首诗。这种联系已无须多说。诗并不表意，诗存在。

这位从小生活在海边的诗人，就这样感受着海浪一次次朝峰顶的跳跃，埋头在诗歌的语言迷宫中。而竭力做一个诗歌海岸线的守望者，也是命运对他的赋予。他近几年的诗歌里频繁出现关于海的意象，也在语言中急切地体验着节奏、波浪与暗流。

我一次次回到飘散着
鱼腥味的码头，看渔民们
一筐筐卸鱼，从木船上把淌着
海水的蓝色塑料筐接下来
收获总是让人喜悦的
我想把抛在石滩上的锈锚
装进单肩包里，连同它身上
布满的牡蛎壳……

这些物象被拆分、合并，形成一幅幅画面，但也没有更多。他应该明白，大海是言说的开始，也是缄默的边界。在一次洞头之行后，我也曾写过一首《海边的风车》，那是面对一望无际的蓝灰色出现的幻觉，就像看到一架风车立在海边，"我看着它奉献出的/最后都被吹进大海，它卓越的/善心，让我一次次赞叹。"无数次，从堂吉诃德身上穿过的电流，也通过我，这个"手持电焊枪"的青年是否也有着这样的体会？

有一段时间，我想到他，脑海里会出现这样的情境：一个手持电焊枪的青年，走在大海边。因为他在一首题为《焊接》的诗中，这样写道：

焊接银针，焊接那最微小的伤口
焊接一滴乳汁，他知道母亲完成过的

他也能完成。焊接破碎的心脏
他知道这过程所经历的灼伤

诗人是逝去时光的保存者，也是断裂的事物的衔接者。一个掌握了某种焊接术的年轻人，即使驻守在海边，又有什么可以失去？多年前的海边，当我看见他，就愿意去相信他。

目录
CONTENTS

辑一　此岸

辑二 换乘

辑三　降水

辑五　半神

附 录

后 记

◎

辑一 此岸

◎

迷船

燥热引发我体内造船的冲动
因为缺材料，我不得不动用所能
收集到的残物：古船木茶几、仿古船模
锈锚……在家谱内我翻出了一面
被遗忘的布帆。这恐怕就是我这位
"渔三代"的天命：拼接一艘迷船
为了完成，我不再忠实原型。我用
钢筋焊接龙骨，将我的手稿打成纸浆
刷船体。借一套北斗导航系统
保持和醒后世界的联系，以防走失在
梦境深处。邀请外公查验
看呆了，这位老船工说这就是那次
向妈祖祈福后，他从船眼睛里
偷窥到的幻舟，过于驳杂
甲板上站着年老的他和孩子们

2020-03

永动

永不静止的海水装着马达
我经常能在码头找到报废的
柴油发动机匍匐于旱地
当小学阶段读到
永动的概念，在草图里
我设计了发电机和马达相互
补能的装置，那纯粹是
思维上的反叛。蓝色的反叛
从未停息过，就算是
初中阶段滑倒在浴室内
我失忆的一分钟，概念里的
永动机也未损坏，依旧全速
航行于外海。我独自醒来了
某次坐在孤岛上看篝火
柴与火相互引燃，那一刻
我毫不怀疑永动的真正概念
就在瞬间耀眼的火焰里

2020-05

海上乌托邦

应该存在一个原型：出于纯粹的好奇
并非来源于对抗、征服、复仇
作为幸存者之后，他驾驶着快艇出海
带上了前世逐渐风干的悲剧记忆
握着船舵。此刻，泼溅的海水将
船一侧的玻璃打湿。他喜欢海鸥们
跟随着船飞翔，它们只是乘机打捞
被海浪翻滚的鱼。船只移动着
似乎什么停止了，像扎入海水的帐篷
推送给他远方的群岛，这里有脱离
陆地才能汹涌的常识。古老而又
年轻的宁静，他停泊在正午里
那是迷醉的时刻，让他顿时忘掉了
茫茫的危险性。独自驾船，有次
他跳入外海中洗浴，为了降险
他挎脖绑了一个跟屁虫浮板
爬上甲板，黝黑的太阳晒干他的身体
被遗忘的波塞冬私生子
总是有这样的时刻，海难里的船骸

护送他回到近海，还有那些从未
谋面的亲人们成为海豚，包围着他

2020-12

此岸

听一名口吃康复者
讲述他的秘史。他是偶然掌握了
语言奥秘的人,缠斗在一起
缓缓吐出万物的假名,以裂片
叫喊裂片。像出生在漏船上
靠破碎出航。他说当他破了胆
意识到所赐的艰难,才慢慢康复
不再以手为桨。用镀金边的陶瓷杯
接热咖啡,他也递给我一杯
暖意,请我品尝加糖后的苦味:
我也学过口吃,被父亲及时制止
对我严肃恐吓道:不行!
你以后会永远结巴的。这是则
复合式的箴言。这肯定是我不善
表达而表达的原因。如此纠结
如此挣扎。注定要完美地
呈现缺陷,以永获不得的逃离

2020-01

憋气

他试着抱紧蜷缩的小腿，像回到
蓝鲸的胎盘。有足够的时间
让他再次学会沉溺，在氧气耗尽前
缓缓睁开双眼，藏进海底深处
浮力托起的一片柔和巨光里
他数着海水踢出的肥胖脚趾
慌张出水，胡乱用双手拨弄着
眼皮上的附水，又如此满足
迫切地，再次潜入海中——
借那一口自嘴部而下
深深吸进他肺部而至脚踝的空气

2021-03

不安

我多想把父亲安葬在中普陀寺的
海汇塔内，连卜十卦都得不到回应
现在他占据了小岙山上的一个小坑位
我还记得那份不安：当父亲躺在家里
我可以构建出间歇的哀号声音
办公室里有种让人难以忍受的安谧
牵挂的人总会梦见，大伯梦见
父亲躺在湿漉漉的防空洞下方
身边多有积水，我的母亲找到了原因
松动的树根正入侵父亲的墓穴
经过修理我们才一同干燥。享受着那
只有不安才能够提供的安宁
就像金枪鱼不断地游
包含氧气的水流进入鳃，它才能存活

2020-09

海滨公园

海鸥顶着海风斜飞。晒海带的
养民弓着背，铺开的海带
在水泥地上干燥，变薄，缩成
一页页半透明的经书。公园是
晒盐场的旧址，我的鞋总能踩出
粗盐的嗞嗞声。葱绿的草坪
多像圣化的海面，养民的小孙女
在上面玩耍，追逐成串的泡泡
她不能理解堤坝一侧的新滩涂
所保留的灰色，退潮时坑坑洼洼
一群白鹭站在入海口，低头
注视着水底。连接大海的公园
水系交融着生活废水、雨水
和海水。有人在公园里垂钓
总是有漫游的鱼群冲撞到这里
绕过密密匝匝的尼龙渔网
就无法再出去，一直游动在
这圈微咸的水系里，用鳃呼吸

2020-09

海泥的记忆

唤醒古老的记忆，制陶人
粗糙的手揉捏着海泥
像失踪的海，似有似无的腥味里
逃遁的海马曾隐匿其中
无数鱼骨、珊瑚、贝壳的碎片
薄薄的灰雪蠕动着。不断涤荡的
记忆经过陈腐，彻底安静下来
制陶人知道海泥的圣洁，他那样
忘我地塑造着，像是要赋予
无形的游魂以肉身。当黑褐色的
茶壶成型，像是他出海归来
学会了海浪的语言，沉默被播放
他喊出家人蔚蓝的小名
此刻，我也不能相信这海底之物
如此细腻，像用脸贴着婴儿的皮肤
瞬间记起了什么。我一饮而下
看不见的盐粒，当普洱在炭火上方
烧熟，倒进一只杯盏里渐温

2021-02

不老药

唯有死亡是真正的不老药
我已经活过了大舅的年纪，我还记得
那位裁缝斯文的脸庞。还有我的
三爷爷，他到半屏岛砍柴，中暑死时才九岁
我无法将一位孩子和长者联系起来
唯有土是真正的不老药，那些掩埋了
亲人的古老土壤，保存着年龄的鲜度
当我把它捧在手心里，入眠的土壤
仿佛刚被唤醒，像把湿润的秘密交给我
我不知道它是怎么做到的
我捏着失效的时间向外挤压

2020-04

大三阳

血液里藏着蝙蝠，夜晚它们飞行
因为饥饿。母亲说，一位中医生推测
过病源，丙种球蛋白血液制剂里
未去的罪恶，注射进了我的血管
母亲抽泣了。或许为了安抚，医生说
会有希望，等我成年了可能会自动
转阴。如果我诅咒，世人会怜悯我
而远离我。背负着希望，这也是我
过分早熟的原因。我认出有无数同类
易红的眼睛，让我更善于伪装
我害怕亲吻，可怕的病菌会尾随着
唾沫，直到无畏的女孩出现并
宽恕了它。在我女儿刚出生的时候
年轻的护士怯生生用银针
为她接种，将她的大腿打得乌青
我感激抖动的针尖植入的疼痛
希望她能尽早获取记忆。我的怜悯
那么少而坚决。像一阵蝙蝠
我盘旋着，以未被允许摘除的隐疾

2020-03

芳草帖

我所了解的芳草并不芳香
也非无毒。闽南人偏爱夹子饭
用有毒的山菅兰叶子
编织出方形口袋，塞进大米
蒸熟。我也到了依吮毒而生的
年龄。萋萋芳草呀，隐藏着多少
义无反顾的疲惫，以至于看似常青
在冬天燕子山公园上健步
古老龙舌兰巨大的苍舌
舔舐着我体内的寒气。儿时流鼻血
妈妈会出门随手采点枯艾叶
揉塞进我的鼻腔止血。几乎每个春天
丈母娘都到野地里摘油菜
配点红椒炒起来，甘中带苦
连花苞的金黄一起食用。当我呛得
流泪，才觉得自己懂得了
芳草的美和寂寞，并非我所能
赋予的。而是反过来
我如此才拥有了草木之心

2020-11

不锈钢

像不属于这个世界，它屏住
呼吸。冷寂会洗涤我们
自头顶而下。我家的防腐木露台
抵不过风雨的侵蚀，但不锈钢螺钉
可以。像一束定型的光
出自上帝之手。那位黑诗人
与我讨论精神的来源，曾试图
配制出的不锈钢，在原料里
他找不到铁铬镍等不锈的奥秘
我也找不到——安装在父亲
颈椎内的钛金支架，火化时
掉落，重新分离。外公建议把
这不烂的假骨铸成银元
我不确定这部分是否属于他
——这微焦的金属光芒

2020-01

黄金甲

梦中的金鳞在海底游动黑暗
外公说起关于丰盛的恐惧:
当敲罟作业带来的大黄鱼群成灾
堆在厕所边腐烂,鱼臭味漫天
腌制着渔村。金银两色鱼鳞飞扬
像大海发行的冥钱。他们
祷告海神杨府爷,祈神力泯灭
贪婪,阻止鱼群求死的信号
在深夜捕捞的大黄鱼才会拥有
迷幻的金黄色。阳光下它们的
鳞片会苍白。在夜间观海时
我破解出了六郎的护佑败亡的
原因:崖山跳海的将士
重披荣耀的金甲,错听擂擂
战鼓,以鱼身冲陷阻隔它们的
细密渔网,一轮轮,一群群
赴死,哪怕无限次亡国

2020-03

贴春联

像撕出皮筏，撕下的联纸带着
我颠簸。讨厌的是撕不干净
女儿说里面还有一层
再里面还有一层。糨糊将
旧联纸吸进墙体。当我们撕开
墙体里新搅的糨糊味道
依旧会弥漫。我说那是你的祖祖
搅拌出的热米糊。年夜他会
给我们压岁，以柜台兑换的小额
新币。更多的联纸掉落，里面埋着
你的爷爷忙碌的理发刀
年关理发店再忙，他都要抽空贴春联
当我贴歪了，他会很心大地说
"歪正，歪正"。要及时贴上去
否则糨糊会风干。要将它们都封
在新联背后，否则会瞬间老去
要一层层糊上去，糊上去

2020-02

禁忌

抱膝漂荡在海水中，如果睁开
双眼，我总是能看见沉船
当电梯快速上升，狭小的密室里
站得笔直，我知道上端有一股
垂直的力拉伸着幽暗。和祖辈一样
我获取了所有渔家命定的禁忌：
小时候母亲不让我去游泳
不让我跟着去扫墓、到草绿色的
病房内探望病人。我也不希望
女儿过早拥有不可逃避的苦难意志
可以像我们小时候那样兴奋地
期待末日降临，看上去如此晚慧
当我发现夏季正午下的露水
晶莹着，保持着近乎士兵的克制
滚烫，竭力不被蒸发，会有迫近
中年的男人少有的猛烈感动

2020-06

空洞史
——致渔网

我发现自己根本不了解这门
关于空洞的艺术。不了解粗糙之手的
企图，让绿色的尼龙线

环绕着尼龙线，像是训练永不停工的
送葬队。大陈伯给我看破损的网洞
他说：这里肯定挣脱过一条
凶猛之物。我伸手，摸到了大海

愤怒的伤口，仿佛它正再次撤退
某天我跟着出海，休闲渔船上的腥味
围困着我，有人在苍茫里呕吐
因为蔚蓝色的颠簸

收网时
我围拢了过去。除了少许鱼虾
船老大异常兴奋，他叫着：
网破了——这是很久都没发生的情况

他把破洞高举到空中
查看。我就站在他的背后
作为渔民的后代
那一刻
我无比接近于一种安慰

2019-08

灵魂出窍

玩灵魂出窍的游戏，相互
交换故事，如果换我是一具
灵狐之躯，能否做得比她更
超然些？红发女子淡淡
说起她所奢求的稳固感情
更深地陷入。当太阳照耀得
头部轻微疼麻，我从一块
黄礁石跳到另一块黑礁石上
仿佛只要再轻轻一跃，就可以
踩着那如镜的一层蓝色薄膜
像旋石水漂贴着海面飞行
尚未坠落，每一次的
临时性解脱，都像身体
赠予的一场合谋。外公艰难
吞咽着药片，对我讲述他
壮年时半夜修船，灯盏里
忙到自己难以理解地消失了

2020-09

零售

拆解不能拆解的。在水族馆外的
小摊上，我见到了零售的大海：
一只微型水母，在玻璃罐内
浮动，触须像透明的手抓取着
梦中的潮汐。只要 15 元
——如果我梦悸，我可以求到
护身符，将分装的道观镇在
枕头底下。遇阻的是在义乌
小商品市场，批发区的商贩们
拒绝我问价。这些在破碎中生发
起来的人，肯定一眼洞穿了
我这类闲民天生破碎的本质
低劣的脆弱性，无法真正带来
什么，只会让破碎之境
更加破碎。我在那片区域绕了
很久，像在等待最终崩塌的
一刻，又像是在偷取力量

2020-08

螺壳声

像贴紧螺壳，我听见了脑海里的
潮水。他在喃喃自语，梦魇中
他析出海盐，以打湿了我的虚汗
故作镇静地咳嗽，当我醒着
思维"沉默"一词的无限悲凉
他的声音瞬间老去，当那年
在回程大巴车上，我捧紧父亲的
灵瓮。只是他从来不哭
我注意到了我的录音，语拙
声调年轻几岁。询问亲人这是否
是我的原声。我并未感到震惊
这并非一致的混响
这可能是沉闷时，我总要到海边
透透气的原因。我迷恋涨落的
复合性。礁石、沙粒、残贝
相互击荡着，潮水听见了潮水

2020-05

迷惘而坚定

被抛的微粒盲目浮动着
儿时我跟着表哥沿街捡破烂
用收集的铜丝到收购站
换取零钱。有次生气，我策划
离家出走，以捡破烂为生
未知和无惧曾充盈着我
也曾带领年轻的父亲出门
皮箱里塞着家中几乎所有的
积蓄。我一直想追回皮箱
被盗前他睡在小旅馆的憧憬
艰难走向精神之地的
诸多岔路，朝着临时性的
目的地，我的迷惘从未如此
清晰。我开始能欣赏车辆
奔腾的噪音，夜晚工地不眠的
敲击声。一身啤酒味
我缓步穿行于雾海，像又走在
通往收购站的路上，废物的
重量压在身上而轻盈

2020-07

筛海沙

粗粝之物分离：碎贝壳、石子
漂流木、鱼骨留下。而细沙掉落

用更细的网筛，蔚蓝
不可去除，那些肉眼不可见的盐
紫菜孢子们附着在沙子上
像干涸的潮声，耳背的人总是听见

再筛，连细沙也去除掉
只有海洋的粉末不可去除

洗脚上岸的工头曹伯说，这些粉末
是海妖的唾沫、龙王的眼泪
赶紧用牛皮纸包起来

他说，现在很少有人知道了
这些看不见的蓝色粉末
专治心神不宁
犯病时只要以温水吞服一指甲盖

2019-07

夜晚潜泳者

海面正在消失，连同潮声
他从乱石滩走进海水
仿佛正驾驶着笨重的潜艇
返回古老的深水区

他知道，这里充满鱼群和海藻
被融化掉的盐，看不见的固体
被连接在一起
虽然包围他的只有海水、海水

有时，他触碰到一只螺
有时，他捞起洋底的一把沙子
像取回儿时藏进去的一件玩具
有时，他看上去一动不动

像忘掉呼吸，耳朵进入休眠
在一片盲目中悬浮
低低的回声里有另一半球的涡旋
一粒精子已经着床

每一寸海水都在变成皮肤
每一寸皮肤、骨骼
都在继续向内坍塌
坍塌到只剩一颗跳动的心

这时间漫长而温暖
不再靠光，海底如此黯淡
却足够陪同他向上游
从水里出来
坐在岩石上，晾干身体
仿佛正晒着大太阳

2018-08

因父之姓

保存着燧石，我握着父姓
所暗藏的火焰。前年首次到
苍南祭扫，我知道洞头这
一脉的复杂变迁，过继给异姓的
男孩像支流汇入被截断的
悲渠。同宗的亲密并非
纯粹来自血液。像搓着草绳
将麦梗搓进稻草，绑在我身上的
一段绳索有着多样的材质
我见过尼龙丝线绞在其中
诗人无色说起让他困惑的绳索：
再婚的妈妈对他说
他的孩子可以跟母姓，或者
是自由定姓，像远古一切
未成型之时。我们就此停留
推测出我们的所在。当我们
行驶，我们扯着又牢系
那条折磨人的安身带

2020-08

章鱼

爷爷说起过某年海水倒灌
一群章鱼冲到稻田里
本能驱使它们遁入泥淖
将自己活埋。黏稠的身躯里
本就没有预设骨骼
我记得杀死这种软体动物时的
艰难。有次父亲抓住章鱼的触须
将它往老厝石壁猛摔
绵软的身体发出湿漉漉的撞击声
绝望的吸盘吸住了石壁
和我父亲的手臂
我不会忘掉那生与生
坚韧与坚韧间搏斗的场面
仅仅旁观就镜裂了我的蠢蠢童心

2020-09

远海微芒

分开天海的一线白光
我知道它不会真的存在
当我搭乘铁皮船在无边海面上
颠簸，始终不能接近它
总在将我们带往另外一片海
站在老船长身后，有时我
透过驾驶舱搜索众神的岛屿
那位女青年兴奋地探询
能否让她掌一次舵？
我注意到她放在舵盘上的双手
生出的潮汐。当站在多风的
海岸，拉紧围脖
眺望海平线上劈波的船只
我才恍然理解为何
宁愿忍受着呕吐感，随着
起伏的海浪摇晃，我们一定
知悉孤船就自由飞行在
天海之间幻境般的光带里

2021-04

◎

辑二　换乘

◎

耐力的启示

昙花绽放，并非想象中
乍现的画面，熄灯后我们打着
电筒，照见花苞婴儿般握住的
拳头。静默观察的时间里
我们围坐着，像对着神像发呆
祈祷盛放完成我们。像黑暗
在你手心里放进一枚银币
清香帮我们收回原初的嗅觉
仅靠乐趣，我们难以完成
昙花开放的观看进程，无趣
有人多次离开，又一次次折返
重临这漫长的短暂，静静倾听
花瓣和花瓣分离的震动声
次日起床，委顿的昙花留下了
芬芳的抓痕。耐力给予的
启示，像水下憋气的男孩
离开水面后，慌张睁开了双眼

2021-02

搜身

通过虚空中设立的窄门，站在小高台上
那替我搜身的人用金属探测器
照见我的隐秘。检测到皮带扣的时候
总会发出"嘀嘀嘀嘀"提防的噪音
手贴着身体两侧下滑，我极度配合地
伸展双臂，像等待逃离命令的飞机
检查口罩内侧，让我误以为她是一位
牙科医生。而旅客们的背包，正通过
黑漆漆的安检山洞，坐在屏幕前的安检员
可透视内裤、雨伞，或许可见一盒
避孕套的骨骼。没有丝毫被侵犯的感觉
我如此镇定。深夜到无人的车站小解
我还是要主动在小高台上站一会儿
等待无形的手为我再搜一次身
帮我查验或许我不自知的危险性
夜幕适合凝望，我背对着街道站立
凝望内部的空荡，偶有栖身的人蜷缩一角

2020-12

布匹与手

仿佛布匹在织出自己

那些握过梭子的手
都消失了
或许只有最后一双手
摸到了幸运的成品

像所有的沉默之物般
那些手转动
如河床上喑哑的卵石
在河流中碎成
水声

当一匹布被撕
所有消失了的手
重新扯着
早已不存在的自己

2019-06

带着电筒

走夜路。在一束光里。被照见的
物体发亮，但不多，不远
隐秘的世界正在返童，风会
揭下蒙眼布。我注意到
冰凉的水流，鼓荡着整座田野
直至天穹的蛙鸣，头上星光
爆裂的噼啪声，都不容易被
照得太清晰。真是奇怪
在一晃即没的大部分
漆黑里，总有一种明亮感
沿着电杆排列的方向，我走进
带交流电的房子。我醒来
没有注意到我始终
拿着打开的手电，直至熄灭

2020-02

倒车术

按紧刹车，蹬脚，扫视观后镜
我担心我盲目的小电驴
碰伤过后背飘零的鬼火
估计我毁灭过一只枯蝉
一片玻璃般被撕下的薄翼
扎进了我的轮胎，再也取不出来
我不知道我还碾压过什么
肃穆的时刻，比我更无声的
幼体控诉着我的残忍
以前，我老听见警示声从
电音装置里传出来：
倒车，请注意，倒车……
现在是从我血色的娴熟里

2019-10

雕露珠

对着花园里的露珠动刀
在消逝前，他还有足够的
时间——取出
露珠里幽闭的光

每一刀都将失手，每一刀都仿佛
落在情人的嘴唇上。露珠里
有另一把不能再小的刀
另一只微型的手。像在摧毁
像求爱者，太阳升高前
他明知故犯地
抱紧她，那越缩越小的
幻身

2019-08

独自群舞

独舞者的舞步召唤幻影们的舞步
肯定是幻影们将他抛向空中
旋转犹如上浮一阵的水蛇
出水的过程中他憋着气，水流反向的
阻力帮他蜕皮。完成后
他更加虚弱，还需要时间坚硬新鳞
落回排练厅的木板上，所有随之而下的
重量跟着旋转——像一枚旋转的
硬币，分出多枚硬币——
直到音乐停止，他的足尖放下
脚跟着地，顿时消瘦了
幻影们急速撤退，留下他
像一副卸下的蛇皮贴在地面上

2020-11

发条蛙

拧紧发条，它就开始跳
与它一同跳进海峡
在某个蔚蓝色的下午

童年的手臂握紧螺丝刀
拆解它内部的奥秘
绿皮漆剥落
顷刻间倒出一堆肠子

生命里有无法修复的难题
带着残缺和懊恼
你发现了更深邃的胜利
像真正的蛙那样
带着破碎重新跳进戈壁
满身臭汗地蹲在石头缝里
模拟出一阵蛙声

2018-04

反剪双手

这是个不用多学的陡峭动作
历史课后，我们模拟年轻任教老师
监考时的姿势，反剪双手
将一截粉笔捏在背后
像延续无知的仪式
我们嬉笑着来回踱步，轻易习得了
与年龄不符的深沉。当我惊讶地
查阅到这个动作的起源推测：
呈捆绑状，解手也是类似的意思
移除犯人手上着急的捆绳
我反而怀想起历史老师考上研
离开小海岛前的道别
洋溢着无限喜气的挥手模样

2021-04

鸽子降落

那些被地心引力拉回的
梦。那些被放过的鸽子
落回地面上。降水之后
觅食的翅膀在湿气中收拢
飞行已无关紧要
有大量的时间用于荒废
天蓝哺育出的野草
堆场里云朵一般的碎石
修复了轻盈
厚角质的爪子抓着泥沼

2018-09

换乘

上山的路逐渐狭窄
陡峭要求你从空客中下来
换乘大巴,从大巴上下来
换乘出租车,从司机的挥手中下来
换乘蛇皮,换乘那不断蜕化的肉身

你看到白天的萤火虫
吸附在草叶上,它没有飞舞
没有发出既明又暗的光
更多的复眼躲在草叶后看着你
换乘从不离去的黑夜

2019-09

混血果

走进果园，当我见到青涩的
嫁接植物，并没有认出异类

绿叶遮蔽着，像一群穿校服的
中学生，会在某刻自行脱落

飞翔，滚动，货架上，提袋里
将到处都是
像是云端顷刻而至的伞兵

如果移栽，原始森林的猴子们
会亢奋地尖叫，来不及辨认

舌头上模糊不明，当榨成果汁
味蕾进行着一次重新定位

或许，每次篡改都挣脱出一次
创世。它们将不再返回
此刻，它们缄默地挂在晚雾中

2019-07

恐低症

在耗光勇气之前，我弯腰掘地
翻出的根茎、虫蛹、洞穴
一击就碎。再掘得深一点，我或已
斩断一条泉脉，阻止它汇入大海
我无法继续，我怕惊动文化层
易朽的陶罐、骸骨。我曾蹲下来
撒一些面包屑，或腐肉，就引出了
那么多见不得光的小蚁豸
我弄不清楚它们躲在哪里修复
汹涌，不停地。我固执地要女儿
仰头走路。不是要骄傲
而是害怕她过早获得低处的
恐惧，胆怯的孩子都迷恋高巍

2020-08

理想清新剂

隐士苍耳切完梨花膏
终于给出了那个从龟背上
拓过来的偏方:
取沾染泪水的情书一封
山间三十年以上不腐的树叶少许
最后抖落的火柴之烬一截
白米、白盐几粒
掺入烧酒里
注意,不要喝掉,要试着闻那
飞走的
雾气

2019-06

门消失后

在墙绘艺术家画的复原版门前
摆满了玫瑰和蜡烛
入夜，有人在把手上贴了封条；

有人砸墙。在墙内往外砸
那铛铛声，像是失传了很久的叫魂曲
——骨头的清唱；

有人迅速遗忘，门的另一边
是否有另一片海洋，一座码头
他只想跳独眼罩之舞；

尚未遗忘的人练习着爬墙术
蜘蛛说有无数的秘密通风口，可以结网；

见到满地丢弃的钥匙，健忘者的手
老是有股违背自然的冲动，捡起又扔掉

2019-09

瞄准

疲惫的枪手，拆掉了瞄准仪

醉后，他用啤酒瓶底瞄准棕色世界里
棱角并不分明的男女
像在执行海风下达的某个潮湿任务

用蛾子瞄准静止之物，招牌、街灯
都跟着飞舞。花盆里挖出过的几条
地蚕，蜷曲的小胖子，终于可以飞走了

而孩子的啼哭瞄准他
不可修复的裂痕，像用胶布贴着伤口
有一点点痒。他愿意哄着他们

独自上山，他伏倒在山顶
眼前的灯火之城，是如此巨大的准心
此时，他温情地瞄准
地平线上悠悠升起的金月

2019-09

尿急的人

像一只蝙蝠掉落
如此轻而快速地划过黑暗
他推开温柔的肩膀
独自起立
从坑坑洼洼的大腿间穿过
跟随着冷光的指示
完成了叛逃
来到影院背后的走道上
他变得敏锐
瞬间找到阴臭的意义
一阵哆嗦中抛弃了梦境
然后，干脆利落地
按下了冲水按钮

2017-09

皮

紧身衣缩水，当它
感到疼；当感到冷
它竖起寒毛

它摩挲另一个温暖的它
重叠如两座湖
无垠的水体倾倒在一起
当爱剧烈地发生时
皮肤滑着皮肤

它带着你尖叫，当爱人
通过指尖叩门，它多么兴奋

很多时候
它近乎绝望地被剥下
风干后的羊皮
撑开鼓面
每敲一下都像是在招魂

多年之后，另一只湿润的手
摸到更粗糙的皮面
像遗失的信封被独自找回
收信人忍不住颤抖着
把手伸进明知的空洞里

2019-05

飘浮在空中

借绷紧的蛮力，羽箭飞出
张弓的人转身消失，遗弃它
在某条轨道上。依靠撤销的神力
我也一样飘浮着，双手像鸟群
翻阅着薄雾。或许我更想在幻术里
躺下来，闭目，请魔术师帮我
离开桌面，我想自己总能找到
托起我的尘土。无主之箭
独自衰老，不知将击穿什么
唱穷了悬空的自由

2020-02

拼贴剪报

像替人完成赎罪，旧报纸堆里
她沉浸在自设的拼贴任务里
似乎只有这样才能找到自己发育
紊乱的来源，保持着克制
像心灵偷窥狂，她不再妄想用
凡人的舌头说出那些被吸食的印痕
像根系读取到底部的埋葬之城
她明白了为何要更加耐心地裁剪
将一小块剪报的边缘拼贴在
另外一小块之旁，为何她会被
选为入殓师：将无数的破碎缝合成
一张整体，组合出它破碎的尊颜

2021-01

前缀

这个盲目多情的人
这个出神的人这个小写的人

这个间歇性虚伪的
心里有小九九的吃饱了撑着的
申请再度幼稚的在欲望之海里潜水的
学习独舞的躲藏于迷幻之镜中的
被灰烬加粗的
在图像软件的莲花苞内复活的
一手练习竖起硬币一手
涂抹药膏的人

这个泡沫制造出的临时的人
埋头读着自己的
出生证

2019-03

书虫

书虫蜷缩着身体，像一个逗号
只要它移动，就不会有完结的句子；

它从一本书钻进另一本书
画出缓慢的闪电。它是唯一的活物；

耕耘无尽的土地，它出生在贫瘠的粮仓里；

很难想象，它如何在窒息的纸缝间穿行
进行着棉被内的游戏
那么多的世界被深深夹紧；

它吃掉字，以贪恋者的方式。无数的魂魄
等待着那一口。如果还想看看人间
它会替作者爬到书脊上；

它几乎是静态的，因为它知道
这里就是它的婚床
就是它的天空，就是它的坟墓；

它在运用着极度漫长的神力
一颗星星消失
出现沙，出现沙；

你打开巨典，以为释放了幽闭的可怜精灵
它转眼隐没在下一页里……

2019-05

撕毁包装盒

每一次撕都在虚拟一次
死亡。当包装盒被撕
花朵瞬间枯萎，戴着凤冠的
卡通人物幸福的婚姻
快速破灭。万次火柴般
印刷鲜亮的物体
泯灭了一万次
消失、出现、消失
只有"禅"字回到了它的归属：
一切皆空。每次
丢掉包裹前，我总要
抽搐般地
将包裹单上自己的
名字抠掉。总有
太多匆忙被丢弃的
这肯定是
梦寐中我被垃圾场
围困的原因

2019-12

塑料稻草人

金黄稻浪上空交织着飘零的电线
与电线杆对视，他孤单地站在田间
像惶恐的主人。当手上吊着的两只塑料瓶
随风摆动，降落的飞鸟们惊觉——
迁徙者与定居者，更深地滑入命定的
轨道：一代和另一代藏在同一具形体上
更潮一些，红色机车头盔隐没于秋色
身上的旧夹克裹住消瘦的身躯
三两声蛙鸣在晨光下褪色，他和陈旧的
意象并排站着。乡道上一位写生的男孩
不断抬头，饱满的画笔悬停在塑料稻草人
身上。再不能和周围的现实剥离开
——这或许是他真正成熟的泉眼

2020-12

昙花上的城堡

在顷刻凋谢的花瓣上站立
请黑暗里掌灯的眼睛看见它

在瞬间里，我看懂了流星
燃放的白昼。请温柔的手
细数徒然猛增的白发
让它以霜替你锻造银梳

请弹奏夜曲，以跌落的蝉翼
让空腹继续鸣叫。请压出
吻痕，以情人的嘴唇，降下
月光叠出的无数级台阶

我知道背负柴木的人
保存着火焰。我捏碎猩红的
砖块里幽禁着的浅海泥

2020-03

提线木偶

他保持着微笑，悬挂在壁上
仿佛是睡着了的果实

等待着熟透
挣开藤的羁绊，他肯定将会
堕落，像跨上摩托的青年

而事实是，灵魂来源于
背后的艺人，那老者忙碌着
与每一根丝线跳舞
皱纹的手钻进瘦瘦的木头臂

他俩一起唱着，用同一副唱腔
在幕布前向着对方跳水

当表演结束，重新松弛下来
他俩都感觉顿时老了

2019-06

填石

漂荡在海底，保持着愤怒
它发出的悲鸣，被海水裹挟而去
仿佛只是在呼唤着自己

像永不知疲惫的精卫
它对抗着海水，用磨圆了的棱角
时间里掉落的沙，铺满了海底
等待着早已死去的复仇之鸟
又叼来另一些新的石头

如果填石可以顿悟
它一定会决定生出另一些石头
失去推力的滚石，会独自上山

2018-09

向阳性

我见过最脆弱的太阳崇拜：
防空洞内的绿植向着一盏低光灯
爬动。幽黑里藏着不可消除的魔咒
头顶的微芒即使泛白
也深深牵引着掉入永夜的叶脉
这是迷情的确认，在光源下颤抖
巨木的成立让它们的旷野梦
肆无忌惮地疯长。依旧如此坚决
祈请削弱至极温婉的狂喜
此刻，我借着手机电筒照见
这一株静谧的盆栽，饥渴地不眠着

2021-03

新燕窝

这些"燕二代"们
飞得如此低。白腹如此贴近
折了绣球花回城的我们
飞行的姿势依旧像是穿过了
垂柳、稻田

在车流上空滑翔
曼姿隐约穿过了失修的铁门
离开老厝沉寂的厅堂
和我们一样快速失忆,为了赶回
它们新建的一居室

在商贸城的屋檐下出入
注定更加忙碌
注定要比祖辈们飞得更远
为了能从远方淘回几根芒草
或是几条蠕动的青虫
给几具嗷嗷待哺的小身躯

2018-04

在玻璃上哈气

还有足够的时间
让我用指尖勾出一棵树
一棵幻灭之树

或是爱心，怦然出现
又迅速消隐的形象

你侧过身观察
发现玻璃上留有
零乱的浅迹，像延迟术
拍摄出的一条条星轨

玻璃有无限的耐心
等待下一位
玩心很重的人
站在它的面前
再深情地哈一口气

2017-12

纸条

在掰下树皮、摘下蘑菇时
他总是想起一些小纸条
那些童年的秘密
塞在一些物体的背后
忘了被取出。仿佛伐木后剩下的
树根，在地下的黑窖里
继续生长，几近停止
但依旧在生长着。一位根雕师傅
和我说过他缓慢的秘密：
初一、十五要祭拜树神
那些仪式，祝词
就这样断断续续流传下来
像从一只只手上
递过来的几乎烂掉的小纸条

2019-06

◎

辑三 降水

◎

黑色乐器盒

硬质的黑色盒子,像沉睡中的
音乐厅。金色大门推开,里面的射灯
闪耀。沙滩上,民谣歌手小飞
拨动着他的吉他,粗粝的嗓音堆砌着
滚落的沙堡。沙子飞起,摩擦着
我的脖子,晚风中有盐粒正在凝结
夜宵时,形状不一的黑色乐器盒
搁在包厢的角落。光头夏哥
说他从不饮酒,更喜欢饭前的枣茶
老段扎着辫子说夜场结束,打的回家
他会请求关掉车厢内播放的摇滚
回程客船的马达声里,乐手们
深陷套着蓝色布罩的软椅中
随波浮沉。乐器盒占据了几个客位
摇晃着,高出众脑,像晕船的人
锁着底舱内几箱幽暗的独奏

2020-07

秃鹦鹉

拔光脖颈上的翎羽，以它弯曲的
橘黄大喙，暴露的粉色皮肤显得丑陋
像颓废者宣誓抵抗着什么
当我们好奇地围观，它突然张嘴
说话：快走，快走。不知是记忆的斑痕
还是发自肺腑，变调的嗓音仿若不是
来于鹦鹉的体内，而是出自一位
窝气的秃头男人，词不达意
说不出模糊的焦虑。如果松开拴住
它脚踝的脚链，它是否会铁了心
飞离，奔向晴朗的天空？艳丽的羽毛
能否帮它重振关于蚊虫的捕猎术？
或者这只鹦鹉将秃化为鸟人
更加长寿，作为地面上异乡者的同类

2021-03

菜摊旁

简易的木板上，小姑娘埋头
在作业本里寻找出路
偶尔她抬头
看看满满当当箩筐间的世界
如此高低不平

我知道
此时，她还不能完全理解
正在围困她的一些东西

作业里那些难解的题
使她怔住一会儿
这些题目，还不会真正难倒她
把她逼入绝境

她们长得如此相似
我向她母亲，多买了两样蔬菜

2017-05

白矮星

摔倒之前，那老婆婆已然坍塌
一生的火焰逐渐熄灭

她用最后的力量，将行星们推离
贵金属般的记忆在大爆炸
她迅速缩小，成为面目全非的
白色星体——一只骨灰盒

她黯淡，依旧是悬在天穹的
一颗星星。冷却，变得极度缓慢
并非绝对寒冷的黑色坟墓

2019-07

表演恶

和我们的表演不一样
这群初中生还不善于伪装
他们夸张的
肢体动作和朗诵腔
并非深源于骨髓。甚至有一员
笑场了。捣乱、打架
傻瓜式的剧情，让我想起
小时候偷过的小卖部
零食。我依旧乞求
得手时的忐忑、兴奋
鼠屎糖小颗粒的酸甜感
能恢复我的味觉
作为评委，我越来越老辣
给他们打高分，握手
只希望这稚嫩的恶
他们青涩的虚荣
或许哪天会带来救赎

2019-12

打耳洞

银针穿过少女的耳垂
没有想象中的恐怖，正如店员所说

酥麻的幻想会盖过疼，只像是
被蚊子轻轻叮咬

美制造着迷人的伤口
小姑娘为自己进行着成年礼
以古老的方式

在祈愿里，平凡的生命被治愈
挂上沉甸甸的珍珠
或晨光里的露水

如此，她将能够面对另一阵阵
终将被身体忘记的疼

2019-05

地铁一号线

欢迎乘坐一号线的莫及之快
微风吹过车厢，耳塞里是缺氧之歌

灯箱广告的暧昧欲望一闪而过
大写特写的红嘴唇，内心挣扎出火焰

一条崭新的隧道，电离出弱明和弱暗
关系越不稳定，现实与未来的婚约

借他者前进，借你填满膨胀着的城市
擦肩仪式更迭，正在掏空你的虚弱

一人接一人通过验票口
被推着，上升到与地面的小紧张中

2018-12

断拐杖

在一座道观遇到她，扎着个发髻
挂着行走的拐杖用黄色胶布
扎了几圈，那粗糙的手艺
我怀疑是出自她收养的孤儿们之手
可能就是那位引导我们敬香的小女孩
长得有些丑陋，抱着件同样具有
缺陷的布偶。老妈说起多年前
这位小女孩坍塌在泡沫箱里
在法堂沉睡的无知样。来祈福的
另一位母亲幸运多了，她轻健的女儿
明媚着，肯定也看懂这座道观所藏
简陋的爱护，她遵从母亲的吩咐
在堆满经书和糖果盘的木桌前
跪下来，接受老道长
苍白的手的加持
盯着那把倚靠在木门上的断拐杖

2019-11

耳根不净

忽然，他们把声音压得很低
我看见小屁孩们折叠着
语言的糖纸。他们窃笑着
像正偷享着蜜饯。祖辈们不同
烫染卷发的中年妇女
头几乎凑在一起，仿佛正在
相互挖掘她们石墙底部的
矮洞。我更喜欢说情话时妻子
脖子发痒的娇态，像一盒
磁带空转。一定有人以雪对
你说着什么，冷得将头蒙进
被子的人，将耳朵贴在
黑色天穹并不存在的嘴唇上

2020-09

过敏原

我看见她摘下墨镜，浮肿的脸
泛着古典的漆红。在东海贝雕厂
老板娘阐释大漆过敏的偶发
应该与近期体质虚弱有关
我理解手艺人徒手涂抹天然漆时的
神圣感。漆树中割出的稠液
流淌着，吸附于木胎的表面
重塑着我们的贫乏。与我们这些
文字工作者多么类似：饮着
万物之血，危险性不可预知
呓语着狂野。我听过
一位过敏师镇定讲授如何试验
过敏，将微量提取物涂抹在耳廓
背后，静静等待皮试结果
那位老男人说，有时他需要
刻意练习：保持轻微发炎的
状态，忍耐着与过敏原融为一体

2020-12

换灯泡

站在梯子上，我低头看到小婆
又小了一号，像洗剩的肥皂

踩着梯子下来，换好灯泡后
站在小婆身边，借助恢复的光线
我再次看清她洁净的老花眼里
尚未洗完的一件的确良花裙

才有所悟，为什么我之前
总是容易在大白天迷路
钨丝熔断的刹那
会引发天空大面积的跳闸

2017-10

集体症候群

我太了解那凑热闹的感觉
在大潮里走神，人挤人训练出的
得失心，每挪一步涌现的欣喜
我是斤斤计较的人，和两个妹妹
不同，早两年出生，营养的短缺
发育出我的五脏。我向她们说起
当妈妈给我两块钱摸彩时的
亢奋感。梦想扛回彩电
当我慢慢刮开涂层，从无关
紧要的尾部刮起。等里面的数字
发光。人山人海的壮观场面里
总有一位幸运儿，他像是
把所有人的灵魂都叠加起来
大家都高兴坏了，妒忌，差点
以为是自己中彩了。由此我
得到孤独的特效药：排在长队里
或一拥而上，哄抢免费发放
印有"宣"字的日用品

2020-03

家动物

我不是说猫和狗，而是说
蟑螂、蚂蚁，还有老鼠
我们厌恶的雀斑。木梁、墙缝
我们所进不去的旮旯
总有精灵蛰伏在
阴暗处敲钟。我记得投喂过的
一只钱鼠在冰箱压缩机背后
以舌梳理它金滑的毛发
还有外婆家隐居的蝉
我翻不出它盖在哪只碗下
摔琴。这纠结的心！
在我端着杀虫剂
粘上沙发背后诱惑贴的
时候，我总幻听到
它们暗中咬牙切齿的
嘶叫——那从童年之诗中
幡然醒来后哑然的嘶叫

2019-08

降水

消失之物回来了，在蒸发后
物理课上的蒸馏器，晶莹令我
吃惊。当清楚消失的水只是升腾了
我找到了轮回的轻薄证据
神话里的隐藏装置，让我试想着
他们会复原，像雨下在远方
投食过的中华犬，我明知道它们
已被宰杀。但新生儿的眼睛
盯着你。我坐在八仙桌前吃饭
看见它们跳过门坎
又一次陷进了谄媚的肉身

2020-03

空调房

麦哲伦海峡的冷空气
从立式空调的百叶口，吹向企鹅们

这些南极异客，它们思乡的方式
是保持一字形，时不时齐刷刷地转头

那迷醉的样子，看上去
多像寝室里一起追剧的小青年们
沉浸于二次元静止的风暴

隔着玻璃，我惊讶于瓷砖贴出来的
雪国，如此简陋不堪
又不得不忧心
夏天的动物园突然断电

2017-10

猛禽腐败

第一次，我如此近距离地看见
鹰，几乎只剩下半只
它躺倒的姿势，像是要向着
大地急刹

我记得，它盘旋的样子
像一副天上的套马绳
握在某个北方牛仔的手中
岩间的花会被攫去

比想象中小，一只布满窟窿的
手套，遗落在森林的
地面上，拒绝着入侵的蚁群

只有弯曲而锋利的喙
依旧危险。当我摸到它时
薄雾上方一双搜索的眼
突然被擦亮

2019-08

千层饼

头层和底层何其相似，金黄的表面：
你们是天生一对，至少理应如此

想象过于酥脆，第二层隐约可见：
命运迷人，月亮是枚定制的钻戒

绿色的葱，焦的皮，切忌小题大做：
碗筷袜子爬爬垫与爱的交谊舞

某层夹生，或许这一切有点假：
眼神冷漠，猜忌的枕头，有了鼾声

如果味道太淡，这恐怕是必然的：
好姐妹，小捣蛋，他们带着调味品

不分你我的时刻也是有的，天啊：
一百万次融化石头的坚硬，成为合金

遗忘的情书，相信会被尘埃找回：

马上来！你先吃。我在等山雾散开

叠起来，他和她不过是半透明的
结婚证：一张薄薄的千层饼

2019-04

青春崇拜

五元电影散场，回宿舍需要翻过
两道墙。将她们托举着，女生的脚尖
踩着凸出的砖头，轻轻落进黑暗
毛姆说：美是一条死胡同。那些夜晚留在
原处，隐匿着无限。仿佛我参观过的
一座神庙，大殿内空无一尊神像
向我宣谕神庙永恒而非神。我记得大学
团训时的女领队，爬阻碍物时无意袒露的
一小截下乳房。晴天里的弦月
浸泡在蔚蓝里。我记得她被困在了
顶点，边笑边求救。记不清她是谁了
唯有轮廓将我照亮。我又一次潜入那座
神庙，迷醉于将自己搬空的溃败

2020-02

山区
——有赠

年轻的大学女教师说起他们
在阿美族山区失踪的夜晚
村寨里的男人以自酿的米酒
为他们远至的魂魄压惊
晚饭是烤野猪肉，棚架下
通红的炭火上摆放着深山的
恩赐。留存下来的原住民
不太愿意下山，代表那慢的
少数，依旧要伐木劈柴
饭后，老奶奶带头念日版圣经
她已学不会用汉语讲述她所
超越的贫瘠。围坐大厅
大家都不怎么说话，似乎
一下子就明白了静默的真谛
在湖畔故居改造的咖啡吧
女教师讲述着山区的雨雾
如何聚拢，如何轻易打湿她
那样一位新临在者的长发

2020-09

少侠

他们明明还是孩子。涂抹了金粉的脸
演绎着愤怒，像稚气未脱的金刚
怒目。连续后空翻，干冰从音响旁
吹出古风，迷雾中这些孩子们的
动作更加飘逸。旋转的棍棒，像肩胛
抽出来的一根臂骨。如果他们是我的
孩子，我更希望他们笨拙点，穿着
校服跳绳。梦想着飞檐，这应该是
所有男孩都需破灭的梦。父亲曾问我
去不去嵩山脚下的武校，但我知道
他只是随口一说。多少有些欣慰
当我转到后台，看到这群孩子
光洁的头颅凑一起，玩手游或吃零食

2020-02

实习护士

天使之羽织成了洁白的护士服
遮住她的曲线，护士帽保留了可爱
口罩后面，肯定是一副温润的嘴唇
而现在，她警惕的眼神在看向你

她肯定在策划着，如何尽快成熟起来
紧跟着另一位护士，推着小推车
轻声地出入一扇扇门，打开又闭合
把针头插入到皮肤之下的静脉中
她正在学会透视
解答着一只残破的肢体出的解剖试卷
她开始像个老手，轻便地
把一场恋爱带给她对生命的理解
给包扎了进去，并贴好胶带

真正的艰难是，她在面对这样的时刻：
他们为她让路，屏气听着
她说的每句话，一直在点头并说感谢
仿佛她真的就是天使，头顶悬浮着一个光圈

2018-06

碳化稻

玻璃器皿盛放的黑稻谷泄露了
地下部族未能逃出的原始幻城
或许戚戚的占卜师还在土木
神殿里雕琢玉琮上超验的鸟纹
令不孕者在梦中分娩。窒息的
高压淬变着万物，金黄的稻谷
软禁在土层里，如果点燃炭
能否一睹先民崇拜的太阳神在
火舞中狂旋？良渚公园的复古
茅屋外，再世者又爬过一个缓坡
跋涉作为春祭之地的寂静沃土

2021-02

剃须刀

剃须刀贴着我的下巴行进
暗影里，我也许是一位满脸
胡楂的人，拄着一支手杖
走向自己的不洁。允许喜鹊
在胡子上筑巢，如果它们不介意
颠簸。我一次次回到飘散着
鱼腥味的码头，看渔民们
一筐筐卸鱼，从木船上把淌着
海水的蓝色塑料筐接下来
收获总是让人喜悦的
我想把抛在石滩上的锈锚
装进单肩包里，连同它身上
布满的牡蛎壳，就像带着兽骨的
原人。每过一段时间我都要
故意让剃须刀坏掉一次

2017-10

天窗梯

推开妹妹家民宿的天窗
是个露台。加强过的屋瓦
倾斜，似乎可以承担人的重量
要谨慎地踩上云梯
塞尚说在年老的时候才知道
画天空。逼近中年的人
了解这过程揭开的危险与宽慰
到这里已不再是靠身体
援着一副无限的直立悬梯
靠意识才能抓牢——我偶尔
陷入类似的困境，多是
思想蓬勃至于孤绝的时刻

2020-04

挖隧道

用笔尖挖，逼近博尔赫斯的
迷幻天堂：一座悬浮的图书馆；
用天灵盖挖，挖出熟土里的
不腐之身。良渚博物馆的
那只头骨碗肯定啜饮过黄泉水
还有我们容积小得可怜的
善；我更愿意在日落中
挖掘一条幽暗的水路
只允许损坏的木马泅过去；
妄想缝合树皮的人，用银发
挖出前人埋下的桃花瓣
按在自己的伤口上；那醉意
朦胧的老兵说，他在隧道里睡了
半个月，每晚都能听见地底
哑弹爆破的闷响

2019-10

影子情歌

争吵之后，她沉沉睡去
留有怒气的他
推开房间，他的影子
背对着他亲吻了她的嘴唇
影子知道自己获得了原谅

他在床的另一边躺下
熄灯后，塌成更大的影子
他们又被混合成
整整一块不可切割的黑暗

2019-03

夜间行车

脱离尾灯的光带，随某个拐弯
驶入大面积空旷的漆黑
光斑与光斑的刹那相继里
你努力辨认幽暗中静止的事物
微微摇晃的影子。来不及看清
他者，或许那是某位因爆胎
而停留的异乡人点亮了一根烟
找到夜游的动物，猛地刹车
路中间蛰伏的绿眼猫一跃而起
不知悬浮在哪段未明的时空里
像琴师的手在幻象之琴上弹奏
沉浸于隆隆的白噪音——
混沌之乐自黑暗内部向外弥漫
你就这样独自驾驶着，感动于
与夜海涌为一体，直至抵达
某个岔口，前方的强光唤醒你
黎明将梦游者拉回到枕头上

2021-02

◎

辑四

焊接

◎

迷雾的辨认

转身走进这片迷雾，我将获得
迷雾所赠予的礼物，它不同于黑夜的
沉寂：看不见的轻响明亮着
我慢慢靠近，潜泳中的花朵凝结着
露珠，到处是一碰即碎的晶莹
松树下歇息，按摩小腿，像隐身了
倚靠着迷途中特具的安全感
它本身就让我费解，水汽与颗粒物
制造出的混沌。当我在莲花峰上
攀行，有黄鹂在潮湿中跳跃
近在眼前，像不属于这个尘世
它缺少机会恐惧人。我们都是
迷雾的孩子，弄不清楚白蒙蒙的前方
是否连接着断崖，还是有人在
某个拐角处预备拥抱。围困于此
我擦拭迷雾中树立的一面观身镜
读懂了白色幻境里被锁住的脸
当迷雾退去，我能否看得更加清晰？

2020-12

速朽

儿时我多想跑得飞快
以便能追上拖拉机，扒住后挡板
甚至以摇杆发动车头。报废在田埂前
中风的老司机，坐穿了露天沙发
超载村前桃花如血。墓山的映山红
开得汹涌，美得可以将人埋葬
不再是光秃秃的。大伯说那时草根
都被挖坟了。我没想到我的个头
比他们都高。我发现母亲并非万能
而在很长的时间里，我并未察觉
到这点。现在，我想多踩踩沙
我的停歇被拽着奔跑——我清晰记得
兴奋后的惶惑，当我提起精神
像扒上了拖拉机的大男孩
吹着口哨，坐在干草堆上向幼儿炫耀
背脊隐隐的不安，并非怕摔下来

2020-01

微光之牢

扑向微不足道的光，夜晚的
鱼群扑向钓线上的萤火
它们吞噬银钩。这里有不可抵挡的
牢狱。桥上的人群吹着海风

手机的光亮着，多像倒塌的星空
锁在小小的掌心里。更深的夜里
失眠者，那些占星术士们
寻获梦境投射的光斑，像飞虫
不知疲倦地扇翅，击穿了镜子

2019-08

薄情学

清晨徒步，整街新锯掉的树枝
像挽留鸟鸣的断手。鸟群叽叽喳喳
躲到了更高处。怀着一点点怜悯
绕过残骸。戴白色口罩的环卫工
她们只想找到片刻的安静
坐在路边的绿化带边，吃完面包

背过身子只看树影，不要让眼睛
直视正午的太阳。当你确认这是
一出哑剧，你才放心得松开捂紧的
双手。在光照不足之地，你甚至
开始起舞，试着找回纤细的身段

我理解查房医生保持着微笑
并迅速离开，为何能轻松地鼓励
在病中挣扎的人"痛是正常的，
没事，一切都会很快地好起来的"

这是一门未被公开教授的古老艺术

薄情的先知正引导你背过身去
走开一会儿，假装上一次厕所
教导送葬结束的人立即换掉黑衣服
或者冲个澡。教导你像篮球队员
那样敬业地在对手倒地惊叫时
毫不犹豫地送上一记三分球绝杀

2018-06

春日里的婴泣

春日里失声大哭的婴儿
不知在哭谁，我多么羡嫉他无知的
哭声。哭声里的野蜂舔舐油菜花
使二者皆金黄。那哭声像是替春日匆匆
掩埋的病患秘密发丧，再厚葬一遍；
像是扎起竹筝要带我们自古瓮中
逃离，以一条细细的绳索。
那未损的嗓音，在春光中独自领唱
拔除每一具阻挡花骨朵开放的
栅栏，像是翻新了儿时我短暂拥有
两排牙齿时的惊慌和异质感

2020-04

脆弱的一面

有时，落掉的松针给我狠狠一击
二胡琴筒上振动的蛇皮也可以
走不到底的空城里，嘈杂的回音
在消耗我。有时，明净让人无法承受
我见过突然间崩溃的人，没有多少
预兆，泄洪般抓住我抛出的泳圈
我并不知道我客套的安慰，可以让
大块头差一点失声。信任感让我
瞬间塌陷，然后真正开始积蓄体力
像一根根抖擞的草叶顶住滚石

2020-01

打屁股之歌

她的手高举，举着不仅是属于她的手
那握着更小的手的手
早春般落下，先是闪电
过会儿是雷声，自上而下的雨毛毛的
谁的绿意猛然惊醒，犹如女儿
充沛的哭喊裂冰而至
她又举起手，像是组织一次家庭自驾游
忙碌地打包全家人的行李
裹挟着女儿学步的惊美
裹挟着每一次抚摸、每一次亲吻
她启动马达，家人跟着她稍稍后仰
每打一下，她都要经历宫口裂开的疼痛
都要钻入另一具身体
每打一下，她都像是穿过产道，头部被挤压
身子萎缩而扁长，直至幽暗吞没
她看见了哭声的来源，一体的混沌
小胚胎还没学会吃奶，无声无息地翻身
她能清晰地看见每一拳，每一次胎动
她因此抽筋，有段时间还误以为是缺钙

每打一下，她就又出生一次
女儿伏在她的腿上震颤
两个人在最初的连接中震颤
这位母亲上气不接下气
缓缓从麻醉剂里苏醒
不过，爱的压制战会被迅速忘记
今晨，这位丰润的母亲赶着上班
看见女儿的一双棉袜，穿着就出门去了

2018-06

倒悬练习

溶洞里，我发现数量巨众的蝙蝠
密集倒悬于幽暗，拥挤却自由
练习倒挂在单杠上，儿时我们比赛
谁能折叠小腿，吊得更久一些
后来我又试了几次，钥匙、身份证
纷纷掉落，我意识到无须着急
捡起随身之物。看似有足够的浮力
让我们身在半空中，看清颠倒的
幻象。海上蹦极的人一跃而下
会有一小段时间，他孤零零悬挂着
绳索失去了弹性，头顶的海水
犹如失真的天空，解索人或许不会
到来。佩服蜘蛛们，它们收回
分泌的丝线，升至下降时的起点
倒悬的人不能，他刻意保持紧张
靠胆怯的无畏活着，练习更加耐心
任绳索扎紧下方孤单的收容所

2021-02

点燃灰烬

用水渍点燃铁锈，用岩浆点燃
不可燃烧的灰烬。那点燃了裂痕的人
像是从石头中萃取火苗的思想犯
正犯上重感冒，脆弱而敏感
我遇到过回收纸钱灰的人
他们重新在残屑中提炼银色的锡箔
将灰烬当燃料的人告诉我锡箔的
温暖——所有无惧燃烧而剩的祷告

2021-01

电动车上

四周漆黑。我驾着电动小驴
带女儿到环岛路上兜风。低光灯
打亮前方的短视距离

没什么其他车，这条路线我们
已经行进过很多次
保持匀速，不然海风会太急
头顶闪动着我不敢看清的群星的
轨迹，不能因驾驶而分心
听几乎是躺在电动车后盒上的
女儿，为我讲述
她眼中明亮的星空拼图

2017-08

断弦琴

第一根弦：为我出生啼哭的第一声茉莉而断
第二根弦：为看懂母亲泪腺咽回的几粒粗盐而断
第三根弦：为读到埋灰的经文里人可以不死而断
第四根弦：为凛冬的寂静划动着我的银桨而断
第五根弦：为女儿用蜡笔涂下黑色的太阳而断
第六根弦：不可再断，像留下的如缕的一条生路
一根根绑紧琴弦，我依旧是用火调音的吉他手

2019-12

孤悬的星星

用强劲的电筒照射漆黑的天穹
像心脏在寂静中跳动。那不会是单程的旅途
一定是个回环。闭眼才能看清的星星
读见自己的闪烁。就如我暗恋时我原地奔袭
带着尚未显形的幸福和苦闷
我能预知她的惊讶。当我满怀深情
电筒打出的强光依旧穿行在
深邃的空无里，等待被明亮的眼睛截获

2020-06

焊接

焊接银针，焊接那最微小的伤口
焊接一滴乳汁，他知道母亲完成过的

他也能完成。焊接破碎的心脏
他知道这过程所经历的灼伤

焊接一张身份证，用不可替换的记忆
让他重新存在。又有什么可以
再失去？焊接一条隧道，在黑暗里握手

2019-08

回收虚无

试着回收虚无，回收灯芯，饮着
昏黄的我们的影子。回收虚无所
附赠的愤怒，像回收每一片
沼泽投射的悬崖。回收虚无背后
困住的爱，那灼伤自己的岩浆
边凝固，边蔓延。试着阻止
自己沦为幸福的人，那一败涂地
而一无所惧的人。试着在春天的
回收站里，把问题都交给生机
请它以汹涌的绿意拆卸荒凉

2020-03

坚信是善的

我坚信能辨认出善：白鹭
单脚立于石上。在中普陀寺的
放生池中，它仿佛是睡着了
石像观音净瓶里的水滴跌落
正涨起清池。我猜测它是来
听经的。父亲和我说起过
他首次去舟山朝拜，跟着母亲
三步一合掌。我毫不怀疑
那时他反常而虔诚。或许这只
白鹭是来猎池鱼的
或许它只是
跟随着某类记忆，就像常来
我家阳台偷吃蓝莓的翎鸟
鸟粪残留在蓝篱笆上。女儿
并不介意与它分食。这是门
需要奋力抵达的心灵学问：
仿若它一定是善的

2020-03

捡悬崖

临渊之人俯身，寂寥答允他
仿佛他孤单的手递出，就能捡起
涧底的沉石。他感到羞愧
当听罢松涛的祭风歌。在信号绝迹的
尽头，缠绕的云气劝导他倾盆
一场暴雨。空悬万物之上
站着让他如此疲惫。在崖尖抱膝
卷躯犹如蛋壳内拭眼的鹰

2020-03

锯齿状

裂所裂开的，像三叉戟被劈
我知道圆也扎人，夹色玻璃珠子
摔出的缺口，像豁出去了一样
古道上，手杖表面的一根微刺
进入我的指尖。暂时我
缺少工具将之取出。做瑜伽体式
我双手过顶，向着天空拉伸
感觉自己就是一根从地底嵌入
天空的芒草。暂时无人能将我拔除
我们掰着手腕，青筋快速膨胀
对手组成尖锥。当锯齿推着锯齿
咬合着，它向另一方碾动

2020-06

困道

难解的困局：路中间爬满了黑蚂蚁
燥热季，每次登顶东屏公园
都不免从卑微之躯上碾过
我踮脚穿行在蚁兵敢死图阵里
提防而坚决，以求快速通过这段窄道
我像练武平台上的中年大叔
那样忘我，有节奏击打着双掌
光着肥胖的上身。我拥有的他大汗
淋漓的内心为何又习得了平静？
这是布满鸟鸣和车声的矮山岗
当拐进一个幽寂的转角
落满地的山茶花卷起腐烂的灰边
枝丫上方仅有一小块锥形的晴空

2021-04

玛利亚在喂奶

理发店里，等待卷发的母亲
撩起她的羞涩，乳房几乎裸露着
像海上的白色灯塔
顾客们的目光偷渡向她
她的怀里，小生命安静地停靠着
整个理发店像港口补给于晨雾

我试着画下那圣洁，难度在于
她挪动着：坐在颠簸的乡村巴士上
在土堆上，在菜叶铺满的地摊前
甚至她站着。手臂长久地弯曲
托起小生命，如此忘我
仿佛她不再是她，只剩下

无穷无尽的乳汁被吸吮
没有个体能做到这样，除非她连接
不老的身体。皮层下有隐秘的管道
通往万物之母。我注定失败
妄想画出既羞涩又无畏的乳房

2018-06

那么近，那么冷

星空偷走了凡·高的耳朵
那时，我想以指尖连接出人马
却只能认出北斗的勺柄
它总指向另一颗明星。睡在天台的
草席上，那么奢侈。薄被盖过
肚脐。会被新月晒黑的，招引出
肉身里的潮汐。当时我就知道
星群是那么远，甚至一大部分
早已爆炸。落难的光线
在我们的眼睛里走尽。醒来时
在空调房。我有点迷糊，以为
星的废墟照亮了。阳光穿透
纱窗，猛烈的一切纷涌进来
——那么近，那么冷

2020-01

人群的撕裂

人群的撕裂撕裂人群
我祈求恐惧所生发出的蛮力
能够抵御恐惧。这不像白
撕出红黄蓝诸色。它很像黑
所挣脱出的黑，迫以黑
弥合自身。落入其中的人
知道白天的艰难，如此分明
我选择坐在塔影里
除了光，影子也
照耀我。让我能够诚恳地
拥抱荒谬：一棵树被劈两半后
各自都活着

2020-08

散落的念珠

柔韧的丝线断裂，散落的念珠
像碎进夜的雨声摔在耳朵上
似乎预示着不详，勒过的手腕松开
熟悉的捆绑。着急搜寻的人低头
被迫唤醒缺憾所遮藏的天赋
所有她拾起的都将重现洗净之美
那多少次蒙尘而涌现的
生的裂纹。她的指尖将再次转动
连同遗珠所空出的隐耀星辰

2021-03

水中神像

无人知晓，这尊旱神如何滞留在
寂静的湖底。穿上流动的脚蹼
陷溺的身体在淤泥里又诞生
一次。她了解每股不息的暗流里
受孕的虾卵透明的跳动
掬水洗脸的人看见她，梦见
波纹里的启示：请遗忘之物相互照见
请干枯的眼泪到深渊里汲取无垠

2020-08

童声朗诵

稚嫩的声音，还什么都不懂。它动情
朗诵着寻人启事，仿佛下一刻痴呆儿的
叩门声就会出现，落魄会被信鸽衔回；
朗诵通缉令，像是所有的亡命徒都会被
他们的孩子拥吻，对着布娃娃跪下来；
果汁糖的甜味盖过了我的罪过，检讨书
正被漏牙读出鼓声；朗诵一则讣告
爷爷，天堂上你还看门吗？朗诵牛杂汤里
不烂的青草，清透的童声被麦克风扩大
继续淹没我们，不管分裂是否在发生；
朗诵霓虹朗诵小丑朗诵口罩朗诵高压锅——
朗诵坦克朗诵永生朗诵裸体朗诵还款日——
朗诵银币朗诵酒精朗诵权杖朗诵 CT 片——
朗诵鼾声朗诵钻石朗诵甲虫朗诵嘉年华——

2019-05

温和的凛冬

出于担忧，深眠的动物会在
空寂中醒来。依靠天生的
惊悸之力，它们储存未发生的

逃亡。疑心病也一样帮助我——
看见卷积云消散背后的寒意
现在已是凛冬，万物依旧驯良
只是我的手脚总无故地冰冷

2019-01

无痛日

小剂量的镇痛药说：总有某个日子
允许免罪；允许银哨吹奏不愈的
伤口，而非以死结缝合死结；
允许蛇皮帮他蜕下汗水涔涔的
防护服，挣扎着交还初生地。
绚烂的春日里请让我迟迟醒来
以映山红为亡灵立传，而非以
败木；请替我戴上口罩，拦截我
嘶哑的恶意。我多想祝福晴空——

2020-02

雪埋

茫茫洁白之下，污浊被轻轻埋葬
弃鞋、建筑垃圾、泥泞之路
仿佛这外部的洁净
来自它们的内部，像用画家的手

唤醒了什么。画家的手快速移动
又停在了空中。像雪停住了
整座城市被埋得更深
像冬眠的动物住进听不清的心跳

只有埋入雪中，才能听见
大地暗哑的明亮——它像要停住了的
呼吸声。洁净也被埋葬
农夫粗糙的手回来了，他们一起刨开

这使我看到了：掉入雪中而发的芽

2018-02

语言就是行动

萨特是多么会宽慰人：
语言就是行动。当我成为秘书
父亲用理发师的思维骄傲，认为我是
拿笔的人，或许会成为：第一笔
而我深切知道语言只是行动的侏儒
仰着头行进在背光里
那是行动摒弃的另一个国度
吃语言的人才了解这里的困境和
屈辱。只有在忘我的时刻
陷溺于写作的幻境，我才能
与家族的手艺史契合起来
拿得动父亲留下的不锈钢剪刀
像他那样站一整天，一刻不停
控制着刀光，几乎不饮不食
享受着发丝纷纷掉落的单纯愉悦

2020-04

在稀薄的空气里

在稀薄的空气里，每跨一步
都将掉入脚印踏出的浅浅
骨坑。在稀薄的空气里
饮水，寒气从裂开的缝隙进入
每一口都像噎住一座冰峰
当我终于变得迟钝
试着在氧气面罩里转山
像是突然找到了活着的意义
——当我们长途踏着雪
如此沉默地，沿着遗迹行进：
破鞋、经幡、断杖
都披着雪。轮到我们成为
赋予者，轮到我们行
注目礼——为幸存的空旷
为茫茫雪脊上稀少的行者；
除了在残缺中，无人能领受
这几乎失重的纯白色荣耀

2019-12

凿字

凿掉那些字。刻碑人
凿去亡者的姓名
只有他清晰地听见那
遁形的喊叫

我在猜想，失踪文字的
下落。就像被打掉的
胎儿，在埭口村
他们不会彻底消失

在他理应成年的某天
内疚的母亲会秘密
为他完婚，与另一位
被删除的女婴

在缺光的祝词里
他们拥吻。大喜之日
至亲们会收到
说不明白的喜糖

2019-04

真实

无可逃避，我经历着正在发生的
一切。平坦的危险之途，我试着
赤脚踩在公路上，能预感到地面上
碾碎的玻璃。当我就如何面对
自己的阴暗，向一位纯情的女孩
求助，她的回答是：要真实
我将性情大变，当我读着《在路上》
惊颤地意识到那同样也是我的
人生。像偷窃一辆晚间巴士
我聊起了我尚且漆黑的喜马拉雅
计划。不管何种朝圣，都意味着以
皮肤对抗火焰，小时候的我敢用
手指掐灭灯芯。社工阿帅和我说起
他的公益项目，为残疾人发放
"性福"工具，他说没有多少人真正
关心那些遗忘的边缘，隐藏在笑脸
皮下的抽搐。那样做无疑是对的
我知道。幽会在隧道里行进着
破裂的，发自肺腑的，没有遮蔽的

2020-05

真相黑盒

找到它之前，有诸多的猜度
替代从高空消失的那一部分实体
扬起我们的哀伤如尘土
或许黑盒已沉入哪片幽蓝的湖底
尚未消失的发射信号被鱼尾拨动
制造密闭空间内的紧急漩涡
谁又能知道得更透彻？跟随微弱的
指引，走进尘封的档案室
面对一叠叠油印的孤本，我陷入
未被篡改的枯燥旧境中
需要很强的心力，才能一截一截
拼凑出一小块荒谬而震颤的真相
——为黑盒以沉默所吞吃掉的

2021-03

指印

指印留在纸上，摁着很轻的细纹
像刚完成。一座座薄薄的遗迹
持续坍塌进纸的深处
在内部展上，我盯着契约纸上的
密密麻麻的指印，像一群等待
孵化的虫卵，依旧在地面下颤抖
一个微小的指印吸引了我
型号明显小很多，我猜测不出它
幼稚的际遇。如果万物都会衰变
就让幼稚的指印成为苍老的指印

2021-03

◎

辑五 半神

◎

行刑地

玩枪毙游戏：胆大者下跪
以红领巾蒙蔽双眼。作为模拟罪犯
他们主动请求枪决，再一次
我只当过一回犯人，因为过于紧张
笔挺挺站立，透过布隙，我始终担心
对面行刑队似笑非笑的诡异面孔
怕谁真动了杀心，掏出阴影里的一杆
黑枪。我们偶尔还能在草丛间捡到
冰凉的合金弹壳。沉浸在死亡的痉挛中
我们中最有戏剧天赋的孩子王
倒地时，有几次的演绎过于逼真
把好奇的胆小鬼们给吓坏了
像子弹被弹眼吸进去，我们使劲摇他
检查他的枪口，又怕摇得太过剧烈
让行刑地里的鬼魂们跟着醒过来

2020-11

墓顶弈棋

两位小孩坐在墓顶对弈。墓中人
被静寂的厮杀惊扰，他听一位孩子说：
观棋的鬼魂靠近谁，谁就会赢

他笑了：赢了又如何？这消极的想法
阻止不了强烈的明媚。当累了
残局里的兵卒，在镀金的墓顶划拳
两位孩子在忙着挥舞
断树枝，刺杀夕阳——

所有的荒凉收留我们
在那里，荆棘花也在传授如何从
葬魂地取暖——
这是后来很难上到的美育课

2019-09

损坏的门

风湿症的腿，预知着梅雨季的到来
它如此敏感，像某个晴天
点燃的烽火台，发觉了远处的敌意
裂缝里的魔法被释放。而神婆
摇动着腿、身体，石头房在发生地震
我知道，她们通常只是些神经虚弱的人
平时，你会在寺庙里遇到她们
背着香袋。脱口而出亲人才懂的暗号
只要生者请求，她们就盗取亡者的信笺
把躯壳借给魂魄们，像一扇
损坏的门。消失的身体陆续通过它
那久违的语调，一些小动作
像春天里颤抖的种子，你不知道
被黑暗裹挟的哪几颗，正在推开覆土

2019-03

他心通

蓬头老者，劝我不要妄求
他心通，说这是门极度危险的技艺
触摸现世心灵的人，要小心
癫狂。平静的水面下藏着紧急的
涡旋。会上瘾，像晏坐海底冥想的
潜水者。像一遍遍掀开幕布
看见夜晚的舞台无记的道具树
当他取出问诊者挂进衣柜里的戏服
他说小丑装、蓬蓬裙、匕首
兽皮面具，这些设定都不能代表
谁。最怕打开空空如也的柜子
他曾不知所措。不知是怎样的天坑
才塌陷出如此的异兽。他宁愿
看见丧子者、同性恋、贪污犯
裂痕下需要安抚或忏悔的心
矛盾而不竭的求生欲
而非一种类似于绝望的黑洞

2020-03

矮化猿

饲养员陶新哭了，保守的老家伙
与我对饮自酿的地瓜烧
结结巴巴地说他爱它们恨它们
说起这些矮冬瓜、小怪物跌倒的样子
那淘气的浑蛋模样，语气中带着混乱的
温情。他越说越崩溃，说起一只母猿
偷偷向他索要一副胸罩而不是香蕉
还有一只机灵鬼，开始说人话
赞美他的工作服好帅
他说起动物园流行着新的病症
强壮的动物在不断矮化
掉毛、直立。他担心那些原本纯粹的
生物们，怀疑这一代可能已经没救
而我非常担心他，劝他
切勿多操这些心灵工程师的心
我们不过是凡人。只是越是这样劝
我也越伤心。被这爱哭的酒鬼
局促的父爱所感动。在喷薄的酒气里
我预谋与他化装成两头老猿
像救世主般放归小辈们到丛林

2018-02

沉睡艺术家

我忘了是怎么得到那个纪录片的
片子里的家伙在沉睡
当注意到屏幕下方的数字时钟
我意识到正进入一场艰苦的表演：
消瘦在行军，当你跟踪那几乎
一致的画面，发现他脸部的肌肉
沉陷着，像慢慢退潮的滩涂；
通过耳麦，你可以听到他细微而
舒缓的呼吸声，仿佛连接着
整个山洞，整座山的肺部；
你可以看见他的短发和胡须
在寂静中生长出海底走动的藻类；
我总怀疑他醒着，一直醒着
只有醒着的人，才能如此完美地
表演沉睡。几帧画面里
我反复查验，他能看出眼球微微转动的
眼睑。第四十一天零时
他准时醒来，在助手的帮助下
被重新点亮，象征性地喝了些流质

影片结尾，在回到明媚前，他说：
这时，才是我最困倦的时刻——
滚幕里没找到艺术家的名字和国别
但我知道，我老早就认识他了
远在我未出生之前

2019-02

冻龄事件

他不死。他变身。他无性别之别
初晡时他着中山装，邀请我
抛出传单，跳上讲台喊话
游行队伍溃散，我见他倾倒在流弹之中
破晓后他又出现，缠着绷带向我小跑
他依旧易怒，足够"狗血"
向不合理的告示牌狠狠吐口水
某次枪伤后，他被迫换肾
为了血气，他将一支断笔植进了胸骨
他太不成熟，莫名其妙，对着湖泊砸石头
对着坟墓——
某次遭报应后，他找我哭诉
说自己深爱着妖化了的家族，他是被虐狂
他出走，他那样爱自由，我见过他戴
摩托帽的旧照，照片里他包场了阿尔卑斯山
握着车把手，让我误以为他骑着雪
他继续飞，向我讲如何跨境
讲支教的教室里那条窄道
他在孩子和凳子之间挤呀挤，才挤进了

孩子们的不良。我只能在朋友圈里跟上了他

他玩短期失踪，躲进树叶内练瑜伽

保持着常青，直到某天他更加冥顽不灵

毫无理由地屏蔽了我

2018-05

个人嚎叫史

几乎被我遗忘了的嚎叫只剩残音：
童年的黄狗吊死后，我哭得
那么安静，父母搞不清五年后
我在理发店失控的嚎叫，并非因为
借不到自行车。那么晚我才找回
过早喑哑掉的嗓音。我试过主动练习
朗诵，读《演讲与口才》，都没有用
喊山也只能挽留被山体消解掉的
回声。彻底释放的通道不多
直到蓝色吉他暂愈了我，让我的喉咙
沙哑，我不再羡慕发音清脆的人
最糟的一次是深夜宿舍的弹唱
那么煽情而无望。让我体会到怒吼
只是绝路。真正无望的是那一次
张秃带我见识吃狼肉的野店
他说那红烧的味道，涩，上火
壮阳，让人欲罢不能。我用筷子
搏击着狼爪。如厕的时候，我绕到后院
发现砧板上摆放着狼犬的头颅

我认得驯化了的家兽。我顿时
失去了斗志。萎靡缓解于偶遇自称
嚎叫派掌门的骗子。他健谈，对刚硬的
嚎叫进行了批判，说嚎叫是一门
柔和的艺术。要绵长，注意采气
他演示震动他的腹腔。不可思议的是
我平静了下来。我看得出他是如我
一般孱弱的人。他的一句话让我
不得不敬重他：他说现在极少听见
野生动物的真声了，即使是荒郊
他要送我一支医用听筒，说失独的
神灵之耳，幽居在纸背处
憋住气就能听见人间消弭的嚎叫

2020-03

《荒谬史记》

作文课上，我惊诧白面少年的早熟
他用蓝圆珠笔记录眼前的荒谬
我感到心疼。他写的荒谬尚且狭隘
我看得出他努力燃高精神的火光
将影子照黑。我们只是荒谬的
助手。儿时读《史记》，我进山找
史迁先生声言藏诸深山的原版
巨著。翻动结痂之壤，硬块下爬出
奥古的文字。这或是我想写一部
《荒谬史记》的病因，以记录新的
药材。写在塑料纸上更易不朽
荒诞怜悯我们，并吹拂我们
去往沙滩，入口处一位充气跳舞人
电吹风摇摆着他，制造抽离的
气氛。荒谬愉悦我们
并支撑我们。折断登山杖的人
拄着笔行走。每走一步都俯向地面
都往尘土间藏匿《荒谬史记》里
迅猛增加的无量字里的某个字

2020-08

零就是一

在大学公共淋浴间，赤裸的时刻
水流自上而下冲刷，将所有的
附着物都冲掉。冰冷。我仿若正
拥有所有。靠背诵一张地图
我伏于雁背。那时我以为我理解的
零，其实只是精神的远眺
光膀男穿上背心，带我参观农场
果皮发酵的天然酵素，讲述
他的海德格尔计划，他说：诗人的
任务是还乡，为此他准备做一位
农民。年轻的他们无所事事时就
弹吉他。只有零里有完美的故乡
而无法篡改。谷物从空无中
破地而出。他熟悉地述说蚕豆
如何恢复土地的贫瘠，讲生养
大地的自然农法。为了不吓坏我
他转而讲他城市的过去，讲他
插稻秧时洗泥巴浴，迷恋上这里
低欲望的讲述富有危险性

我安静地听着，像跟车坐在
副驾驶座上进入边区，落入群山的
暮色中，笔直的车灯光折进了
黑暗，来源零的感动颠簸着我

2020-05

消失的雀群

我不知道群体的惊恐是如何
遗传下来的，那些于绿荫跳跃的
麻雀们保持着天生的警惕
我静静听外公描述属于他们的
集体癫狂，岛上、屋顶上、山岗上
站满了敲锣打鼓的人
全员对着天空
叫喊，示威，不让雀群落地
我才明白大地依旧是有翅一族的
梦寐。精疲力竭的麻雀们跌落
像坠机，我联想到它们掉进东海
所激荡起的清澈泡沫。小尸体
堆积如山，我在网络上见过除害
英雄和这些害鸟的合照。听讲时
我保持着沉默，记起我拉满
装着石子的弹弓所产生的快感
才明白为何我一只眼睛打开
而另一只眼睛紧闭，或许它看见了
被遮住的惨剧。未解之谜是

眼前无邪的新麻雀们不可能是
那些小冤魂们的直系血亲
但为何我一靠近，它们就飞速逃窜？

2018-10

鳗鱼

失海渔民老彭低声讲起他
不吃鱼的缘由：甲板上
被他开膛去肠的鳗鱼
在他扭头时，跳回了东海
银色的海面上游动血迹
像一抹拖动的夕阳翻进涡旋
他给我看他收藏的那把
钝刀，似乎还能闻到甲板上
弥漫的腥味。他说那时
才深信邻村老人的逃生故事：
被日本人的六颗子弹
打穿了肚子，跌入怒波里
却活着醒来了。老彭说他
知道鳗鱼肯定没能渡过
劫数，但那一次肯定发生了
什么，是海神带走了它
我说我也见过一次奇异：
红烧小鲍鱼里竟有一只未死
猜不透它如何忍过了高温

在汤汁里蠕动。一位青年诗人
护送它回到咸涩的礁床上
像一名旗手。老彭差点听
哭了，他说命大的小幸运儿
或许就是那条鳗鱼投胎的
或许是海神的启示，让大海
与我们取得残存的血亲联系

2019-11

埋哑弹

替挖出来的哑弹清理泥身
缓缓擦拭，搓掉锈，打磨崭新
念一段土著才能听懂的祷词
像移墓者郑重地捡起乱葬之骨
将荒冷的白骨焐热，用屏纸包好
装入新的灵瓮内，再埋下去
像以轻吟之声安抚闹动的婴儿
带着爱怜，哭声再次入眠于襁褓
试着填平一万个悲伤的疮孔
让我们挣扎成为一名入殓师
保持紧张、肃穆，为迁葬的人
拉起象征性的禁地，立一块
打叉的碑牌于苍翠之上：
请无法安息的金属墓地安息

2020-12

迷彩

两位穿迷彩的顽童举着冲锋枪
奔跑，对准他们虚拟的仇敌
"嗒嗒"的电子音，误伤着
老辈们晒太阳的清梦，让人烦恼
只有那戴墨镜的老兵无感
——不要担心儿戏，他说真正的
战争是对抗荒冷。他说起
站晚岗，望远镜调近附近阳台
被星光吹拂的胸罩。他说起
上卫生课，解剖蚊子所引发的
惊愕之战——如果可能
他更想教男孩们美工，将花粉
装满空弹夹，拆装生锈的门锁
更重要的是学会洗涤衣裤
懂得用汽油擦拭皮肤上
干透的黑油脂。总有伤疤的
他摘下墨镜，让我看他的眼睛
那恢复不回来的迷彩色虹膜

2020-01

破损的封印

封印多年的鬼魂将锡瓶当作
残存的家，他无法再找到另外的
栖所。重获的无主，一度让他
更加迷惑，像刑满释放的牢犯
感到虚弱，失效的蛊惑术
无法帮他招引怀藏恐惧的人们
在取消的通道上，他苦苦寻觅着
缺失的献祭。他已然学会接受
现世的苦闷：醒后的失眠症
属于鬼魂的饥饿训练他视此为
寡淡的恩典。那些幽闭似乎都
白费了，他被困在蔚蓝的自由里
借助记忆，我依旧能看见
某座跨海大桥那水泥和钢筋
锁住的劳工之魂——惊涛之上
庞大的桥体是他失足落水后
以剩余的魂魄紧紧抓住的肉身

2020-12

生物电

暴发户王海生对我说起过荧光乌贼
幽灵们成群从他的机船下游过
让他无端狂思起祖先，这和他封网有关
我只见过夏夜荒山的萤火虫
那附近有一座公墓和几座孤坟
我想用延迟摄影留住星星落草为寇的
证据，但很失败，画面里死一样黑
我听到过秋蝉冻僵后的鸣叫
无声的，小小的尸体停在公园的羊肠上
像一节废电池。儿时我们乐于收集
真正的废电池，将它们敲开
把碳棒揣在口袋里，相信残留的电力
能让我们发光。现在我才确信它们可以
那些微弱的电储存在肉体里，无所不在
在传导，等待流动，遇阻力会变热
在地铁内，我乐于透过镜片观察
手机映白的一张张脸，在微妙地增亮

像极了水族馆里漂浮着的深海水母

游啊，游啊——

2018-11

食肉羊

王屠夫请我去参观他的养殖场
两只圈养的肥羊正在猛斗
另一只咀嚼着的羊用恶狠狠的
眼神看我。我一见就知道那是
吃过生肉的眼神。我不得不瞪眼
吓退它。在农村见到狂吠的中华犬
我蹲下来怒目，它们总是会怯弱
当我问及羊吃肉的问题，王屠夫
像是撞见了执法者那样警惕
小声说这是他的商业秘密
这瘦不拉几的养殖户总是吃不胖
他说其实没啥大惊小怪的
他不过是揭开了它们天性的隐蔽
部分，而非改造。温顺的山羊
生吞鸡仔，当饥饿让它识别
出稚嫩之美。我了解他诡辩之词
背后的现实逻辑。荒蛮的生之欲
带着他们吞噬并延续。面对他
我才肆无忌惮地承认我八分之一

血统的外太祖父是一位
恶霸。这么说让我感到放松
像接受了一次医治。痛苦的疗法
帮一头头关押的羊变得健硕

2020-05

亡灵记事本

他涂抹着小记事本里一些自编的
代码，并不能完全懂得自己
手下游动的笔画。亡灵隐约出现：
喝农药解脱的伯母，她经常
痛责她擅长逃课的长子；
哑巴夫妇中的男哑巴，总是悄然
而至，老远就用他谜语般的
方言对话；或许那些失败的代码
指代更古老的游魂，墓山周围
游荡的亡灵，他听长辈讲过的
一些零星故事。他们的乱发不再
变灰、变白。翻动着自己
像地下水找到树，那些哑默的树叶
抖擞着绿意：他修复出吃语
像收取微薄佣金的翻译，他用
耳朵咽下口信，结结巴巴说着惊诧

2021-01

造神

以衰老之手，他释放了
被石头围困的女神的
脚趾，像是从积雪中取出
一朵雪莲。凭着一股蛮劲
他凿着似水的慈悲之目
睁开石头所看不懂的世界
如此破碎而感性
他曾在深夜偷窥到
他的师父凭着一己之力
为石头安上一颗带血的
心脏。那些幻象
蛊媚着他，那么彻底
让他年轻的躯体
瞬间透支。石屑不断跌落
此刻，痴情的手
依旧在凿着
青石眼眶里滚动着的
一滴永不成型的泪

2019-12

种子工作室

卦曰：童蒙之吉。诗人盘古带我参观
他的种子工作室，流利地向我讲述
种子们的家事。它们在玻璃罐里沉睡
封印着绿意，像在预谋一场彻底的暴雨
我的异乡感被融化了。森林尚未受孕
我闻到幽暗里的创世气味，听盘古预言：
这颗将带来邪恶，会长出整山美丽的毒草
这颗充满了欲火，可以提炼销魂的催情药
你注定成为春天里一头幸福的公牛
这颗滋阴补阳，专治成功男士的秃顶
盘古昵称它们为小姑娘，如此荒唐
无视诸多种子布满了褶皱。一整天
我们不吃不喝，被吸进未写出的神话里

2018-06

众多碎片

在瓯窑小镇，双瞳的王师傅
带我们看修复后的宋瓷瓶
白陶土所黏合出的坍塌锥形
在他的指引下，我也能辨认出
破碎之物才具有的双重世界
摔碎的手机屏里，我的黑脸
带着一道道隐裂的闪电
像脸上有疤的人，正从疤痕中
萃取沉寂。坐在海边丢石子
平静的海面一次次打碎
又复原。海面里的他又一次
凝合。偷偷拆走小朋友们
耐心搭建的乐高塔里的
一扇方形窗户，或其他小零件
无人处，他低头用收集到的
众多碎片，拼接整座失乐园

2020-07

重感冒

恐怕是对所得祝福的最大实践
我们体温上升、扁桃体肿痛
精神飘忽。开始策划将寝室装修成
失乐园，老 R 自荐导演了
一出名为《自杀公司》的话剧
在床铺上排演，高声的朗诵腔
因我们的虚弱，并未引发理想的惊动
辅导员 L 理解这是治疗手段
礼貌性地询问了新公司的业务范围
和收费标准。因病情加剧，我们考虑
组建叫"自愈社"的社团组织
为了扩大影响，某次学院大会后
我咳嗽着上台，请求院长给我话筒
招募社员。社员们成群围坐
草地，像相亲沙龙，思绪随春日
漫天的柳絮乱飞。那时的风光犹如
现在的公考辅导课。最大败笔是
治愈时刻，当味觉、嗅觉恢复
幻觉的激荡就不重要了。当带着孩子

重游母校，聊起隔壁班的某位才女
毕业几年后因抑郁跳楼
我们深具痛感，遗憾当时未强行
招她入社，或许能改变什么
收走廊悬挂的衣裤，我们看见
老寝室里的新青年，在整理属于
他们的盲目。现在想想
后遗症确实带来了类似光源的空无
熔断的白炽灯泡般的明亮

2020-03

洗盲眼

擦洗不被带走的旧家具
你猜想他非常爱干净。只要使劲
盲眼依旧会转动，溅泪
如果用温水轻轻地洗，它会感到舒服
当它睁开，心依旧会明了
世间的光照进了它的黑房间
感谢那位盲人，他停下手中的活
耐心讲述护眼的秘诀，配着手势
就算没用，交谈时他始终
看着我，像本来就会的那样
临走时，我闭着眼睛
拥抱了他

2019-11

半神

人类学博士李想在举例闽南神话
说我们是海神的后代
让我们看他后背消失的鳍
在码头，做企业的周强用一处地摊
把他撂倒，说他真会放香屁——
几杯啤酒入肚，满耳朵听到的都是
方言打翻的小名：
大头，司令，鲨鱼，瘸腿的……
回忆里，每一位醉者都还是
年幼的半神，手持大型号的法器
醉意中，我还是无法挣脱
谨慎，当看到远处踩水的孩子
跳进夜晚的海水里，而不带泳圈
——为这一群群法力微弱的
半神们担惊受怕

2019-07

玻璃飞毯

为查看渗漏，我蹲着，踩在顶棚的
玻璃面上。向下可以鸟瞰我家
走廊上的衣架和洗衣机。老爸说起
他做幕墙工程，首次踩空钢架时的
忐忑，说走过几次后就好很多
顾不上眩晕了。我更怯弱些
蹲着跟随抬起的透明平面升腾
查看玻璃与玻璃拼接处的结构胶
有否剥落。我居然获得了在宁波参观
大教堂，仰望顶端七彩琉璃时所
体会到的悲壮感。以枕头为马
儿时，我迷恋于夜读《一千零一夜》
梦中坐上波斯魔毯，越过圆顶的
城堡。醒来，却发现自己尿床了
带着先验的惊惧，我继续留在顶棚上
寻找渗漏。勉强适应后的瞬间里
我原地飞行，抓着玻璃飞毯

2020-07

附录

杨键对话余退

1. 读你的诗感觉到在 80 后的诗人中你写作一首诗，即进入一首诗或是展开一首诗有自己非常独到的方法，比如《换乘》这一首，它是怎么写出来，或是你是怎样考虑的？

当我意识到文字的组合具有"再构"世界的能力后，我的诗歌写作发生了一些改变。换乘，假设了我们去往远山的情景。真正的进山，要我们从现实境走入心灵境。从"换乘蛇皮"开始，暨开始了心灵的转化，内心开始对进山所见的情景进行了"再构"。"换乘"有"变化"的意思，我们进山后可能就会蜕变为一只萤火虫。但是我们描述萤火虫时，基本上过于美化，更多的时候萤火虫蛰伏着，隐蔽着，并没有发出既明又暗的光。我期望能够通过"再构""变幻"，让我们重回存在的现场。

2. 《微光之牢》也同样如此，虽短促但在切入的角度上非常特别，你为什么会这样去写？

我们所处的是个需要解释的世界，具有歧义的世界，就算是光明、幸福，也是具有多样性和歧义的。比如"微光"，我们需要它、亲近它，但是有时候它仅仅是一个小小的"乌托邦"，它会形成一个迷你的牢狱、一座微小的围城。《微光之牢》侧重于体现微光的"乌托邦"性质。同时，我所看到的灰烬也未必是死寂的，它也会匍匐、滚动，黑暗有时也会照耀我们。

3. 你生活在大海边，大海这样广大而虚无的存在对你的写作有什么样的影响？

我所见的大海是多重存在，不是单一的，而是复合的。海边的家庭多会禁止自家的孩子下海游泳，这个和大海的凶险叵测，和渔家畏惧大海的集体无意识有关。然而，大海又养育了我们，我们这些渔家的孩子对大海恨不起来。有空，我会喜欢到海边闲逛，爬上礁石，在无垠之前感受空寂、渺小，人仿佛消失一般。大海，依旧在无知觉地吞噬又接纳一切。

4. 你的诗里有时会出现"符"啊，"咒"啊，"他心通"之类，这是为何？

在一定程度上这些神秘元素是我眼中的"现实"，和我这样的岛民的生命密不可分。我出生在温州洞头，一个东边的海岛，讲的是闽南话，是神秘色彩浓郁之地。我的一位族哥学过一段时间的"师公"，也就是民间道士，那段日子他过得不错，但他终究还是放弃了。儿时有人被鱼刺卡住了，多会去讨一张"化骨符"。我的外公非常善于讲述他亲历的奇特故事，很多和鬼神有关。海岛的每个岙口，几乎都供奉着一座神。这些神秘元素密布在这块蓝色土地上，是岛民生活不可抹去的一部分，我也算是资历较浅的亲历者。当然，随着时代的推进，这些神秘元素正在迅速消失、衰竭。

5. 在你发给我的诗里有《行刑地》《墓顶弈棋》这样的关于死亡的诗歌，你年纪轻轻为何会关注死亡这个问题？

死亡无处不在，海岛更时刻被死亡笼罩着，我的曾祖父和几位兄弟出海，在同一次海难中葬身海底，那时我的小公公尚在曾祖母的腹中。眼中家乡的每次出丧，妇女们都要哭天抢地，有时候是接近"假哭"的。海岛从小家祭不断，又充满了对死亡的禁忌。对于死者，同辈人会下跪祭拜。儿时，农村里面缺乏"游戏厅"，小伙伴们经常成群结队去自然界游荡，也去后山爬墓玩。后山私墓分布杂乱，离村子很近，很多坟墓都是石头和水泥的混合建筑，我们经常爬到墓顶打扑克、下象棋，那时候农村孩子缺乏对死亡的畏惧。那些记忆，都构成现在我对世界审美观的一部分。

6. 你的诗都是亲历的、浓缩的、专注的，对此，你如何看？

其实有些素材是经过我二次处理的，有些事件并非一定发生在我的身上，但是它其实在一定程度上是存在的，仿佛就是我亲历一般。浓缩，也就是凝练的语言特点，是我一个自觉追求。现代汉语不同于古汉语，但是依旧继承了古汉语的高密度和多重含义的特征，使得汉语诗歌具有区别于世界其他语言的独特跳跃特质，这些都要求我作为写作者如此去完成它。专注，体现了写作者对诗歌的态度和投入程度，是一个动态的过程，需要自我训练、自我调节，这种写作状态并非愉悦的、自然的，而是需要刻意坚持的。

7. 谈谈你记忆中对你影响最深的几件事。

童年趣事，童年幻境，求学，恋爱，组建诗社，此刻我回想了一下，记忆中显现的多是具有戏剧性、突发性、仪式性的场景。比如，小时候我曾跟着表哥去街上到处捡破烂，主要是找废铜，去废品收购站换点零钱，然后美滋滋地吃几块面包。当然，我父亲的去世无疑是对我影响最大的事件之一，从发现病情到去世的半年我们一起经历了很痛苦、纠结、失效的求医过程，让我强烈感受到作为人的困顿、幻灭。

8. 是什么让你成为诗人？

或许是命定的，或许是自我选择，或者各种因素的复合。我还记得我的童年幻象中，有一则是我在外婆家，外面人山人海，而有一个火车头从楼梯上冲下来。当然这个不可能是现实，肯定是幻象。海子有一首诗写"爱怀疑和爱飞翔的是鸟"，写作会让思维生出翅膀，像一份礼物，让我可以对话另外的世界。另外一点，或许和儿时的阅读有关，那时家中基本没有藏书，我母亲托她的一位好朋友替我办了图书馆的图书证，我经常去图书馆借书，整柜的童话书、少儿版神话书都被我看完了，这些都是"种子"。

9. 大约在什么时候你感到你的诗发生了重大的转折与变化？

从抒情挣脱出来后。我大学的时候非常迷恋海子，喜欢抒情，抒情让我开始进入诗歌。后来，我读到聂鲁达对诗歌的理解"诗歌是一门手艺"，对我产生了很大的影响。当意识到诗歌作为手艺，需要技能的精熟，需要识别原材料，需要手艺人根据材质构想出理想之状时，我的诗歌写作开始发生了转变。在一定程度上，写作一首诗歌和制作一张小板凳，在本质上没有太大的区别，当一位诗人也未必会比当一位专注的修鞋匠更加优越，他们应该是合一的。

10. 你祖祖辈辈都生活在岛上吗？你祖上有从文的吗？可以谈谈你的祖父、你的父亲、你的祖母、你的母亲、你的故乡吗？

我的祖先在清代自苍南迁移到洞头，往前追溯，我的前辈中没有直接从文的。祖上基本是渔民或者是手艺人，我的祖父是缝制船帆的工匠，当时全县绝大部分的船帆都出自我祖父和家族其他人的手。我的祖母在我出生那年前面去世了，所以我见到的祖母一直是一张挂相。我的父亲是一位当地很知名的理发师，他一直对于自己当一名理发师心存不甘。我母亲嫁给父亲后随父亲经营起了夫妻店，也是一位理发师，卷发、染发的手艺一流。我的外公是一位能讲故事的能工巧匠，十七八岁的时候就收集遗弃的木料造出了他的第一艘船。我们家族的长辈多是手艺人，一直以来也比较重视教育，应该是来源于想改变命运的朴素冲动，我们家族后辈中当老师的比例比较高。我意识到，我也不过是和我祖父、父亲一样的手艺人，只是我所使用和处理的是语言。

11. 故乡正在每一个人那里消亡，你小时候的故乡同现在的区别在哪里？

故乡正在快速消失。小时候我家门前是一大片稻田，我们经常在稻田里抓泥鳅、钓青蛙，在干燥的稻草堆上翻滚，现在那里早已经成为一片住宅区了。故乡的消亡，本质上是属地文化的消亡，这个消亡是更加彻底的。很多属地文化，注定会在我们这代人的手中中断，现在的小孩子能讲闽南话的比例都很小了，或许文字可以保留属地文化的一些魅影。

12. 你生活的地方是一个渔岛，你对杀生怎么看？

海洋养育了我们，养育了我的祖辈，也依旧在养育我。在一定程度上，我周边的祖辈们无从选择，有些人注定要以捕捞杀生为生，他们一直想逃离这样的困境，现在会选择以捕捞为职业出海捕鱼的年轻人是罕见的。但是，另一方面，渔民们又以地方信仰、祭拜、禁忌等形式保持了一种纯朴的善良，保持着对生命特别的敬重。我听老渔夫说过他们亲历的"捞元宝"的故事，看到海上的浮尸，船员会跳海将其捞上船，到岸后帮忙埋葬，这些都是带有温情的。现在的"杀生"又完全不一样了，一度"东海无鱼"，近海的海洋资源接近枯竭，这个是人类的共罪了，这种灭绝式的"杀生"悄无声息超过了任何时代。

13. 你很喜欢《百年孤独》，你小时的生活同它有相似之处吗？

大概是大二，我在图书馆借到了浙江文艺出版社的《百年孤独》，一下子就被马尔克斯的叙述深深吸引了。我儿时的生活就处于魔幻之中，不止是因为我们海岛充斥的神秘主义元素，我们这代出生在改革开放初期，现实生活的每一天都是新的、变幻莫测的，这个是时代的印记。市场化，武侠片，演唱厅，动漫，民工，流行音乐……各种新鲜的事物涌入，和旧事物交融在一起，激荡着我们的认知。我还记得走江湖的艺人，到我们的集聚区来表演了一周，每天晚上我都去看吞剑表演、喷火表演，简单的魔术和粗糙的杂耍，然后看他们推荐一些小商品，这些都像极了吉卜赛人来到马孔多小镇的情景。

14. 今天的诗人对外国诗人的熟悉程度远超对中国古典诗人的熟悉程度，你怎么看这个问题？

我认为这个观点未必成立。我们对外国诗人的熟悉程度有限，要真正理解西方文学依靠的是我们对西方文化的深度接触，但不可否认的是，我们对于建立在基督教背景下的爱、自由、平等、契约等西方精神理解非常局促，至少对我而言是这样的，缺乏对熟知西方文化的自信。另一方面，中国古典精神又几乎"断裂""失效"了。所以在一定程度上，其实我们无所依怙，我感觉我们这一代是靠着自身的求知渴望饥饿地汲取营养"碎片"而存活的一代，对于西方和中国古典的认识都具有片面性、狭隘性。对中国古典诗歌，对于西方诗歌的理解，我们肯定先天不足。在承认先天缺陷的基础上，或许我们才能谈我们眼中的中西方古典文化，讨论认识世界各地的经典诗歌。对于当下的汉语写作者而言，我认为我们利用现代汉语所写下的诗歌必定是复合的、混血的、拼接的、冲突的、未完成的，也是全新的。

15. 你读过《论语》吗？你读过《道德经》吗？

我曾经用很笨的方法读过《论语》百遍以上，不求甚解，就是读。从原文角度看，孔子必定是一位非常本真而可爱的老先生，具有超越性，又具有凡人的绝大部分特点，经常嬉笑怒骂，感到抱负不得施展时想"乘桴浮于海"。学生时代也很喜欢《道德经》，经常猜想"道生一，一生二，二生三，三生万物""见素抱朴""复归于婴儿"的真正含义。不过这些文化的获取，仿佛是"后天"的，有些东西难以很好地消化。我也意识到，真正的营养是需要经过分解、吸收，再自然而然流露出来的。

16. 你对"人"这个字怎么看？

人真的是特殊的物种，我倾向于人是未知的。生命作为奇迹，同时人又是动物的一种，具有神秘性、可塑性，又有局限性，我们其实很难以清晰辨认我们何是。我也意识到，很多时候，在于人的选择，是我们自己的不断选择让我们成为自己。而诗歌作为一种存在，提供了给我们自己对话自我的一个古老又时新的通道。我很喜欢惠特曼的《自己之歌》，仿佛是人的再次确认和苏醒，野蛮的人又是神圣的。当然相对于惠特曼时期的"人"，现在又发生了改变。

17. 你对"仁"和"爱"这两个字怎么看？

从一定程度上"仁""爱"同义，"仁""爱"两字经常连用，都具有超越义，都是人之所以可以区别于动物的一些本质的因素。但是放在中西方不同语境上，又各有其不同的含意。

18. 道和德是汉语的源头吗？

汉语的产生应该是具有多重源头的。从内在的角度来看，汉字的创造，是带有智慧的。很多字本身就具有强烈的象征性，是高度文明的产物。比如"太"字，由"大"和一点组成，"大"是"最大"，一点代表"粉尘"，就是"最小"的意思。"最大"和"最小"组合在一起，合成"至极"之意。汉字的创设，带有"道"的投射，在这方面是非常值得我们这些汉字的使用者自豪的。"德"是对"道"的实践，《道德经》里的"道德"和我们现在所说的"道德"不一样。汉语是华夏文明的产物，是智人这个物种在这片土地上自然而然的化育，汉语的出现本身就是"道"的流演。

19. 现实的真相与生命的真相，孰轻孰重？

现实的真相与生命的真相应该是合一的。但是我们所见到的更多是割裂、碎片、隔阂，这时诗歌因为其本身具有的神秘性，仿佛是一扇隐形门，轻轻推开，让我们悄悄穿梭在现实或精神之间。又像是为我们准备的一艘幻象之舟，带领我们抵达真相，触摸到那不经修饰的原初部分。

20. 儒释道精神在当代汉语的写作里几乎不起作用，你如何看这个问题？

儒释道精神的式微可见，但我感觉儒释道精神在当代汉语里一定程度上还是存在的，只是表现得比较含糊和不够自觉。像朦胧诗时期很多诗人"介入式"的写作，就保留了古代文人的一定风骨，这种影响像一股潜流延续至今。主动对"空""自然"进行追求的写作者，我相信也大有人在。但是我们又不得不承认，我们作为当下的写作者，所面对的境况和问题相对于过去已经发生了巨大的改变，很显然，我们的汉语写作者不仅要面对这个3.0版本世界所面临的共同困境，更有这块土地上人们所需要面对的独特集体困境。一切都在剧烈地涤荡、变更之中，或许我们需要有更多的耐心、勇气。

21. 人性是本善还是本恶？

我想这是一个已经困扰无数人，而且必将继续困扰无数人的问题。从我个人的角度而言，我相信人性本善。但是这里，需要点明的两个词是"相信"和"善"。"相信"对我而言具有精神向度，是具有选择性的。"善"具有无瑕义，"不垢不净，不增不减"的"纯净纯善"义。"恶"为"亚心"，非本心，是随境流转而生的。从这个角度讲，孟子的"性善论"是人类思想史上具有超越意义的一个伟大阐释。

22. 你的世界观是什么？

我希望我有一双复眼去观看这个世界，我所见到的世界是复合的、变化的。如果诗歌提供了一双眼睛的话，从诗歌的瞳孔里看出去，我倾向于认为"万物皆诗"。当然，这个意义可能是被我自己赋予的，需要我不断去确认的。

23. 大部分汉语诗人没有来世的观念，你如何看待这个问题？

主要是看如何解释"来世"，人本来就在不断生灭之中，每个瞬间都是一个来世。梦醒之后，仿佛就是第二个短暂的重生。有时候，我感觉处于写作状态的人仿佛是在"中阴身"，他高速看见了过往，又想为未完成的诗意寻找到一副肉身。但是还存在着一个微妙的境界，写作忘我之时时间停滞，没有过去、现在、未来之别，这个可能是写作者所掩藏起来的共有秘境。

24. 旧诗之"我"同新诗之"我"的区别在哪里？

可能区别比较大的是个体之"我"在诗歌"道统"中的位

置。在《诗经》中写求爱者的思念"寤寐思服，辗转反侧"，这种强度根本不会亚于现代爱情诗里所表现的思念、失眠，背后肯定有没有写出来的故事，个体之"我"始终都是存在的。只是旧诗之"我"存在于"道统"的这条河流之中，非断裂的，有时显现为个体之我、集体之我、文化之我，乃至于"无我"，而新诗之"我"因为当下写作者的处境不同，处于碎裂的、冲突的、边缘的、孤立的、隔绝的文化之流中，"道统"似有非有、若存若亡，所需要表现出的"我"的特质就完全不一样，形态更加碎裂而复杂。

25. 你如何看待诗歌的声音问题？

诗和歌已经分离，至少差别已经非常大。现代诗需要注重内在的韵律、节奏、语调、气质，已经和歌词较为明显地区别开来了。现代诗不必用来谱曲，但是它一定要是心灵之歌。

26. 你认为诗人的精神核心是什么？

真心。或者解释为赤子之心、童心、本真，它是一股原力，具有超越的特点，能够无视现实境的权力、金钱、物质等因素。写作的起点，至少应该是真诚、真实，不应该是违心的、虚妄的。但我认为"真心"本身和"饱满"是不矛盾的，这个世界会产生顾城这样的"童话诗人"、海子式的"诗歌王子"，也会产生像泰戈尔、杜甫这样让人敬叹的"诗圣"。

27. 你诗歌的最高理想是怎样的？

诗歌本身有它自己的属性、要求和理想。好的诗歌本身像一件艺术品，是自圆的，不具缺憾的。理想因为它本身的浪漫气质，也不具有最高和最低之别。我的诗歌写作如果有理想的话，希望是借此接近它。

28. 如果有来生，你还做诗人吗？

如果我们带着强烈的印记，我们可能命定要去追逐那份记忆，不然就会狂躁、不安，这可能并不受能力微弱的"肉身之我"的控制。如果是可以纯粹选择的话，我也很愿意再做诗人。

29. 你的写作是为诗？还是为人生的？

我期待诗歌能和自我的生命构成连接，这时写作为诗或者为人生都将自动成立。海德格尔"人生的本质是诗意的，人应该诗意地栖居在大地上"，这是一种理想状态，是选择的。在诗人的眼中，生活本身是可以诗化解释的，"柴米油盐酱醋茶"都有其诗意的部分。在物化的世界里，保存一颗诗心显得弥足珍贵，诗心依旧是抵御固化、物化、非人化的强大盾甲，金刚不坏之身。

30. 你最爱读哪些书？

喜欢读的书比较多。叔本华文集在大学时期对我产生过较大的影响。有空喜欢读积极心理学方面的著作，钱穆、李定一、赫拉利等的史学著作，文学方面比较喜欢的有《百年孤独》《博尔赫斯短篇小说集》《红楼梦》《聊斋》等，也会翻阅一些禅宗语录。单从诗歌而言，对于西方现代诗集和中国当代诗歌我阅读的相对较多，西方的诗人喜欢的有吉尔伯特、希姆博尔斯卡、米沃什、阿米亥、卡瓦菲斯、惠特曼等。古典诗歌是我的软肋，能背诵的不多。目前读书比较细碎，一般是边写作边翻阅书籍，这样很难完整读完一本书，这是需要反思的。

31. 你的诗歌美学是什么？

我注意到了诗歌的"空无"属性，诗歌发乎心灵，其本身是透明的，具有反逻辑的"歧义"特质，可以在不成立处成立。它在，又不在。诗歌的写作犹如悬浮，可以让庞然巨物悄然腾空，又仿佛为人穿上隐身衣，让实体之物瞬间不见。文字本身是具有"魔性"的，中国传说仓颉造字时"天雨粟，鬼夜哭"。文字组合而成的一首诗更像一道符令，看上去笔画凌乱，但是它用自己的语言替万物画像，替万物开口，讲出了万物的沉默，却又若有若无。

32. 你的困惑是什么？

困惑很多，人生有诸多无奈，最大困惑是关于生命的困惑，比如身心的安定，价值的确认，自他的超越。生命的境况多变，很多冲突和矛盾之处，此起彼伏，看似有些问题有答案，实则效力不高，困惑盘踞不去，或许是困惑本身在带领着我们行走，我有一首诗《迷惘而坚定》写过"艰难走向精神之地的/诸多岔路，朝着临时性的/目的地，我的迷惘从未如此/清晰。"

33. 诗是什么？或者说好诗的标准是什么？

诗依旧是神秘的，诗是什么很难说清楚。沃尔科特说"我从来没有把写诗和祈祷分别开来"，他几乎把写诗等同于祈祷。从我的理解而言，诗更像是一扇窄门、一条地下通道、一艘潜艇。

好诗的标准也很难定论，或许是好诗定义了"好诗"自己，正在出现或尚未出现的好诗将再一次定义"好诗"自己。

34. 新诗成熟了吗？它还缺什么？

新诗 100 年，肯定不够成熟。"物壮则老"，新诗不成熟或许也是我们的幸运之一，留给新诗诗人拓荒的空间比较大。新诗所缺的东西可能非常多，个人感觉有两点不可忽略：一个是新诗精神内核的养成，这个是需要再次辨识、自我赋予的，需要一代代诗人心传和坚守才能形成的；另一个是生命力，新诗之"新"就在于生命力，生生不已，源于本真，甚至带有盲目的冲动，缺乏生命力的诗歌则死气沉沉。

35. 旧诗之"我"同新诗之"我"有何区别？

旧诗之"我"同新诗之"我"有同有异。同则是诗性之"我"，有别于现实之"我"，诗性之"我"很多时候是隐藏、蛰伏着的，通过古诗或者新诗都能够实现和内心的自我对话，和隐秘的世界漫语。异则相对旧诗之"我"，新诗之"我"更加具体、低沉、碎片化，更能直面真实之境，其表现空间更加自由和巨大，也更加无序、苦楚。"现代诗鼻祖"波德莱尔《恶之花》所开具的诗意就有别于经典时代，写丑恶，写忧郁，写困境，比如"天空又愁惨又美好像个大祭坛/太阳沉没在自己浓厚的血液里"。但新诗之"我"依旧能够穿越现实之境直抵精神之境，这个是诗的属性所决定的，这个"我"依旧是超越的。

36. 林纾当年翻译《茶花女》，辜鸿铭几乎以死相抗，现在细

想，辜鸿铭当年所反对的郑声，在今天几乎成为现实，也就是说，汉语在今天已经严重地物化，欲望化，正是孔子当年反对的郑声，这就是目前汉语的现实，对此，你如何看？

林纾翻译《茶花女》，辜鸿铭批判林纾，各有其立场和价值。社会的物化，有现代化推进的原因，也有我们中国百年历史发展的独特原因，现代汉语也随之具有了物化、欲望化的倾向。古代另有文言系统以对抗语言的世俗，诗更是天然具有抵御世俗化的属性的，"诗三百，一言以蔽之，曰诗无邪"。诗的"无邪"性质并不分现代诗和古体诗，顾城就被称为"童话诗人"，兰波的形象也仿佛是现当代诗人的形象代言。现代诗的使命之一，依旧是保留天真、柔弱，以对抗物化、工具化，这也是人永远离不开诗歌的一个原因。当然，汉语的整体语境也不可忽略，经济浪潮和商业文化的冲击对语言的改变和影响也非常大，这时就更需要现代诗人这样的语言祭师，通过诗歌写作保留对汉语的尊重，保持语言经典性的自觉。

37. 没有经学做底色的人生会是什么样的？

"经，常道也"，经典之学是人类文明的精粹部分。缺乏经典文化熏陶的人生，"质胜文则野"，不能温润。而缺乏诗意和诗歌的人生，很容易器化，不能体会作为人的富足。

38. 没有经学做底色的家庭会是什么样的？

"修身齐家治国平天下"，在中国经学是作为家庭的基础、背景而长期存在的。所谓"诗书传家"，典籍扮演了非常重要的角色，而诗也有着不可替代的作用。在当下，作为生活方式，"晴耕雨读"已不好实现，但是作为安顿的力量，经学一直以来是以后也必将是家的文化内核。如果缺少经典，护持之力不足，家的成立也必将非常艰难，这个并不分古今。

39. 没有经学做底色的文学会是什么样的？

中西方文化各互有经典护持，形成所谓"文脉"，目前正处于世界文化会通之际，文学的交融现象也非常显著。文学既是文化本身之一种，离开经典无所谓文学，孔子评价弟子中有"文学"一科，《四书》本身就是非常优美的文学范本。当下，汉语文学的处境和世界上其他语系文学的处境也是有同有异，但总体而言缺乏精神谱系的文学是虚弱的。

40. 新诗语言的戒定慧，新诗语言的仁义礼智信，如何才能建立？

从"仁"字切入可能容易讨论一些，"仁"涵盖义礼智信戒定慧等诸义。"仁者，人也"，新诗的语言就是人的语言，言为心声，为人性而发声。所有伪善、虚假的声音都不能代表真正的人声。新诗语言秩序建立的背后是对人性的理解尊重发扬，是人格的建立。只要视界范围内的人性尚未被真正阐发、理解、尊重，写作群体成熟的心灵尚未建立，新诗语言的建立就不能够完成。

41. 与旧诗相比，新诗的道的面容没有出现，自然的面容没有出现，德的面容没有出现，你如何看这些问题？

"神无方而易无体"，道在万物之中，变化多端，新诗的面容肯定有别于旧诗，或许在目前而言尚不够清晰，但不会离道。符合写作之道的诗歌，自然会诞生出相应的道、德的面容，只是与旧诗相比，一则可能尚不成熟，二则面容不同。诗歌只要是真诚之作，不论优劣，都是"道"的表现。

42. 儒教影响下女性会影响旧诗的发展吗？

儒教影响下女性造就了旧诗的发展。《诗经·关雎》中"窈窕淑女，君子好逑"这样的句子，很明显首先是出于对美丽女性的爱慕之心。但如果女性仅仅作为诗歌创作的对象和素材，那还只是外因。可能更准确的说法是，古代女诗人造就了旧诗的发展，比如李清照、蔡文姬、谢道韫等，《红楼梦》中大观园对诗一节非常精彩，黛玉、宝钗、探春等的诗歌都非常精彩，各展示了其内心境界，那代表了被雪藏了的无数诗意女性。

43. 没有儒教影响下的女性会影响新诗的发展吗？

当代女性诗人对新诗发展的重要程度不言而喻，近代诗歌史上诞生了阿赫马托娃、茨维塔耶娃、艾米莉·狄金森、普拉斯，乃至刚获诺奖的格丽克等众多知名女诗人。目前，国内女诗人比例也非常高，对新诗发展已经也将继续造成深度影响。不管当代女性受儒教影响程度如何，作为在场者，都直接进入了诗歌写作的中心。

44. 自我不能泯灭，写诗只是一种不易觉察的自恋，你认同吗？

"无我"建立在自我的确认之上，具有超越义。"诗"本身也具有强烈的超越性质，使得很多诗人显得不切实际，诗仙李白"人生在世不称意，明朝散发弄扁舟"，多少与现世格格不入。自我不可泯灭，诗歌的存在，促使人通过诗歌实现自我审视和自我发现，而逐渐超拔。"恋"字由"亦""心"组成，视恋人之心亦如己之心，真正的"恋"，推己及人，琴瑟和鸣，肯定是超越"自恋"的。诗人因迷恋世界、人类、未知而显得可爱。

45. 你现在对"诗言志"这个古老的教义如何看？

"志"者，志向，志趣，志业，具有非常强烈的精神向度。现代人的志趣和志向指向多元，表现的形态就会多样化，但同样需要具有强烈的精神向度，这个或许是现代人所缺乏的。

46. 新诗里有太多的情绪，大抵还没有上升到智慧的层面，你对此如何看这个问题？

情感、情绪，人是具有感情的生物，情绪的表达是人具有的最基础的机能。儒家讲"哀而不伤""发乎情，止乎礼"，以智慧对待自己的情感、情绪。"诗言情"，人无法尽情表达的喜怒哀乐之情，会借助诗歌来抒发，是自然而言的，也是"止乎礼"的一种表现。陷溺在情绪之中的新诗，不会是非常好的诗歌。

47.《三字经》言"非圣书，屏勿视"，圣贤之言本是中华文明的核心精神，现在完全不是这样了，对此，你如何看？

《三字经》"非圣书，屏勿视"，是对学童劝学之言，引导其形成分辨力。《中庸》里的学习方法更加中正一些，"博学之，审问之，慎思之，明辨之，笃行之"。中华文明的核心精神是复合的，有主线，也有辅线。"子不语怪力乱神"，而生养我的闽南文化恰恰充满了怪力乱神。从文化角度上理解，这些"怪力乱神"都深深保留着我们先祖的部分记忆，并且关系到我们的来源。我也逐渐明白了为什么卡尔维诺愿意花很多时间去收集、整理《意大利童话》。

48. 汉语的声音，说到底，有四个特点。一是求道之声，二是赤子之声，三是自然之声，四是归于自性之声。这四种声音今天都非常微弱了，我们如何才能回归汉声呢？

语言的背后是心灵，随着心灵的成熟和自觉，自内而外，因有感触震颤就会发出属于它自己独特的声音，或为歌，或为诗。看似汉族是华夏多民族里不善歌舞的民族，实则是因为诗词曲赋兼具了吟诵传颂的功能，转为心灵的歌唱。只要有诵读《诗经》、汉赋、唐诗、宋词之处，求道、赤子、自然、自性之声就依稀若存。"人能弘道，非道弘人"，古体诗的处境也堪忧，也在于现代词人的境界问题。而现代诗因其具有强烈区别于古体诗的特点，其显现的境界全然不同，可能汉声之味尚不足，其背后还是有待具备现代意识的心灵的完善，以至于心性的通达。面对真实，在新旧碰撞、中西会通的背景下，现代诗人心灵之境的锻造，必定会是一个复合、漫长的过程。

49. 请谈谈诗歌与修行之间的关系。

写诗即修行，依靠语言这一工具，写作者的幸运，就是拥有另外一条通往自己的暗道。和其他修行一样，写诗时需要面对孤独之境，需要"慎独"，要有极大的耐心、克制力。阿多尼斯语

"我的孤独是一座花园"，诗歌写作经常带你走进荒原，你能开垦的工具唯有语言和心灵。近来喜爱徒步，深山环抱中常藏有一座不大的古寺，香火未曾断绝，有一两位出家师在驻守。诗歌写作犹如修庙、守庙。

50. 立德，立言，立功，你选择哪一样？

对于"德、言、功"而言，个人更看重"立"字。孔夫子三十而立，下学上达，自立，独立，不再退转，谈何容易。马拉美说"世界的目的就是一本书"，诗人多少会有立言的倾向，这里的"立言"和儒者的不一样，但或许终其一生都不会有一句半句诗歌能够留下来。关键还在于心灵的建立。

51. 文明是舍身饲虎，你认同吗？

我感觉这种说法是一种比喻，说的是推动文明需要勇气、仁爱。"智仁勇"是三达德。写作是需要勇气的，面对真相，面对人性，面对自我，也是培养诗人之爱的途径。

52. 古典诗歌的背后是君子人格，新诗的背后是什么呢？

新诗的背后依旧是君子人格，不过表现形式不一，人格在不同时代有不同的展现。新诗人格的内涵有更多未被定义的内容，因为面临的情境不一样。人是始终不能被完全定义的，新诗的存在关联人的存在，很多时候意义是需要自我赋予的。

53. 就目前而言，新诗的根基还是欲望、仇恨和无明，新诗的清净心远未出现，你如何看这个问题？

"无明"无根，理论上新诗的根基只能建立在自由、独立、自我的发现等当代精神之上。欲望、困顿、仇恨都是表象，背后是现代人类在自我发现的过程中洞察到无数的"空无"而产生了诸如幻灭、虚无等认识。就像理解"垮掉的一代"并不只是简单的"垮掉"一样，中国新诗的发展也经历了一个复杂的过程，仅百年的发展史几经波荡和断裂，新诗真正根基的奠定还需要时间，需要无数新诗人们真诚、勇敢、智性的写作。

54. 人生短促，很快死亡就会来临，你认为有比文学更重要的事情吗？

文明存在的很大原因就是面临死亡，文学的存世价值也是因为此。正是因为死亡马上要来临，所以人类要迫切地质问。面对更为根本的问题，才会有哲学、文学、生命学等学科的出现。希姆博尔斯卡《写作的喜悦》里写道"写作的喜悦/保存的力量/人类之手的复仇"，文学伴随着死亡而生。比文学更重要的或许是心灵的觉悟，"朝闻道，夕死可矣"肯定是一大超越的境界。

55. 苏东坡对黄庭坚的评价是："超轶绝尘，独立万物之表，世久无此作。"这样超轶绝尘之新诗至今没有出现，对此，你如何看？

新诗之创成，需要时间与沉淀，新诗也有其独特的性格正在形成。宋代的超轶绝尘之作，有赖于唐宋儒道释等主流文化的发达。如若近当代中国思想之建树成型，具有现代意识的独特人格建立完成，相应的文学作品、艺术作品都将诞生，包括诗歌，但其表现形式可能有异于"超轶绝尘"，带有一些未知的成分。钱锺书批评"中国诗是早熟的,早熟的代价是早衰",而留给新诗的空间即是变化。

56. 汉语诗歌同英语诗歌的根本区别在哪里?

中西世界差异是个大命题,汉语诗歌同英语诗歌的差异很多,语言特点、题材内容、思维逻辑、精神谱系都不一样,可能最大的差异还是在于文化的来源,中国文化的核心是儒释道,尤以儒家为代表,而西方文化的来源在古希腊,和基督教的精神密不可分。但从更大的视角来讲,诗歌发乎本真,阐发人性之声,没有本质上的区别,都是"人"所写下的诗。

57. 欢乐是肉体带来的吗?

肉体之乐非恒常之乐,其背后是苦,"百年三万六千日,不在愁中即病中"。灵肉是二又是一,肉体和精神高度关联。文化的高贵,在于处处受限的肉身发掘出精神的无限空间和维度。很多微妙的情境并不在肉身世界中存在,比如你难以用冰冷的仪器去测量仁和爱,但是却很容易被有情之人一眼洞穿。写作有写作的独特乐趣,沉浸在写作之中,有时会出现"心流"现象,时间消失,物我两忘,乐以忘忧,不知身在何处。当然"心流"消失后,该怎么样,还是怎么样。

58. 汉语的欢喜心如何获得?

语言犹如舟楫,想获得划桨荡漾之乐,先要试着划桨,这时会发现欢喜并不是想象中的那样。熟练地把握木浆,感受水流,读懂航海图,掌握节奏都是一名桨手的基本功。处理汉语时亦然，理解当代汉语的复合属性，锻炼心灵，保持敏感，都是获得欢喜心的前提条件。这也是个人不再迷信写作单纯依赖天赋的原因。

59. 你如何看待"恕"字？

"恕"字拆解开是"如""心"，将心比心，"己所不欲，勿施于人"，是个人对待外境当前的一大素养。

60. 你相信因果吗？

因果是世界的客观规律存在之一。有因有果，连绵不绝。

61. 人死如灯灭吗？

生死依旧成谜。"不知生，焉知死"，对于死亡及一些神秘领域，儒家存而不论，但又极端重视葬礼、祭礼，"祭如在，祭神如神在"，是一种高度的智慧表现。生死学也是目前的一门前沿学科，里面包藏了太多含糊和未知的地带。人死是否如灯灭，是未知的。

后　记

　　诗歌，无疑是一份礼物。

　　最初接触现代诗歌，仿佛是起源于二姨的书架，她是一位师范生。那是一本黄色书皮的朦胧诗选，其中一首《小巷》记忆深刻："我拿把旧钥匙／敲着厚厚的墙"，后来才知道那是顾城写的。一条小巷及单调的敲墙动作有别于课本里的句子，我总不明白为什么作者这么写。

　　这也给予了我一个错觉，误以为当代中国还是诗歌的国度。高中时代，我和同班好友北鱼，在他家阳台聊未来、女生、文学，讨论我们一起给某个学生诗歌赛投稿的回信，一直不能确定寄送几十元钱过去而拿到奖状的可靠性。

　　可能和文学梦有关，大二转入中文系，授课老师谭朝炎是一位作家，在课堂上他讲述灵感突发就着报纸边缘写作的场景，我差不多那时开始写诗。与室友容韬商榷成立诗社，到处贴告示招募成员，徐琼辉、冷无芳等同学加入，最后扩散到宁波理工等外校。诗社叫"青铜诗社"，印制了两期《青铜诗选》。诸生经常相聚宁波大学的大草坪上、校门口建校纪念堂的台阶上，也到甬江边一起焚诗祭海子。英文系的诗人钱志富老师亦师亦友，我和容韬经常空手到他的公寓聊诗。任茹文老师带着见到湖州老诗人沈泽宜，沈泽宜先生说"诗歌是一束激光"，其他谈话的内容大概都忘了，却能体贴到老诗人的风骨和力量。当时浑然不觉在平淡无奇里，这已经是我诗歌的一段黄金年代。

诗社没有坚持下去，或许和选定学弟马科军为社长有关，随着马科军的辍学和我们的毕业，诗社提前结束了它的使命。诗社当时的照片只留有一张，都是清纯的面孔。大四毕业，和容韬道别时，当时年少轻狂，容韬的赠言是让我成为温州诗歌界的魁首，我的赠言也类似，现在回想一下就发笑。发笑的原因是全然不能料到生活的吞噬力度，其实能坚持写作已属难事。

回家前，隐约知道家乡岛城上也有诗人，逐渐遇到了叶楠叶、王静新等，北鱼也毕业回乡，四五人聚在一处沙龙。为沙龙的启动，我特地撰写了一篇叫《诗歌理想国》的宣言，以后每月在叶楠叶单位的简陋会议室小聚，后面加入的有沙漠、亦金、刘秀丽等，多是以相互批评为主。我们自称"海岸线诗群"，有一次组织到竹屿岛，海风遒劲，大家临风在岩石上读诗，旁边的彼岸花开得亭亭玉立。

岛依旧是闭塞的，虽然身处温州，和温州诗人交流的机会却不多。到很后面才第一次见到池凌云，大家都称她"池姐"，她说诗歌是出水后的第一口呼吸，谈得更多的是如何阅读世界范围内的优秀诗歌。也在那次，第一次见到仁光、卓铁锋、泥人等温州同辈诗人，那天刚好还有做"诗歌的脸"专题的宋醉发。还有一次，王静新和我一起去温州乐清拜访马叙，在棉书堂里，马叙老师洋洋洒洒分享他的写作体验，谈到分裂人格式的写作，灵魂抽离在身体之外看着世俗中的自己。

从地理上，北鱼因工作调到了杭城，真正离开了岛屿，兴奋地和我说起遇到野外诗社的江离、飞廉、游离等一大批诗人，还有卢山、子禾、双木等一批青年诗人。随着诗青年和新湖畔的建立，我也成了新湖畔的编委，慢慢遇到了尤佑、敖运涛等好友。卢山富有激情，第一次来洞头，和王静新带他下到半屏山崖后的黑石滩，一起对着大海朗诵，再高扬的声音都被淹没在汹涌的涛声里。

诗歌带来了裂缝，内部之光从裂缝中溢出，让我们可以照见自己，这个过程很慢。2015 年 9 月，洞头区作协"一对一结对"项目上，池凌云、江离与王静新和我同时结对。现在回想，这个结对对于我而言非常重要，像投入了一条鲶鱼。有些变化在慢慢发生，我不确定这些是怎么发生的，但是的确发生了，此后才像开始了真正的写作。诗歌写作数量有所增多，开始脱离原有模式，意识到原来写作的单一和贫瘠，阅读面也开始变广。我的第一本诗集《春天符》在 2018 年 1 月出版，主要是收集了 2012 年至 2017 年之间的作品，大学期间的诗歌仅放了一首，作为纪念。

在岛屿上写作，和在别处一样，糅合在生活的杂碎之中。工作调整到文联后，才多了些从事文学的空间。"中国诗歌之岛"也开始慢慢更多诗人登岛，有了机缘接触西渡、王家新、顾彬、陈东东、耿占春、朵渔、杨键、霍俊明、刘川、朱朱、黄礼孩、蒋立波、冯晏、聂权等诸多诗人及诗歌批评家。开始策划"海岸线诗歌"公众号，邀请林宗龙、杨隐、卢山等青年诗人为编委，杨隐是大学同窗，可惜是当时没有加入"青铜诗社"。慢慢又有马号街、叶燕兰、袁伟等诸友加入。青年诗人相处有个好处，容易一见如故，恍如旧友，也能在同伴身上快速照见自己身上丢失了的诗人气质，这个也是诗歌所赠予的。

世界的本质或许是虚无的，写作者天然能体验到更多的悲剧色彩。特别是父亲的去世，给我带来了很强的幻灭感。办葬期间，我和大伯在小岙山上为父亲找寻墓穴，当我想到他将长眠于此时，泪水汹涌而出。之后的很长一段时间，我都无法从这种幻灭感中抽离。遇到长辈过世，亲戚知道我文笔不错，会请我写悼词，那时我的笔浏览并压缩了他们的一生。我深信写作依旧是有效的，亲朋的生活也成了我的写作素材，文字会凝固他们脆弱的瞬间。

诗歌让人隐形又显形。语言本身是具有歧义性质的，借着歧义，写诗的初衷可以被隐藏在语言里，并不为人所见。这个时代是健忘的，物质不断颤动又快速消失，很多群体似乎不存在，或者瞬间蒸发了，其实只是蛰伏着，并不会真正消失。我的一首《凿字》写"失踪文字的/下落，就像被打掉的/胎儿，在垟口村/他们不会彻底消失"。石碑上被凿掉的字和被打掉的婴儿，一定程度上会被掩藏在心灵的深处，有时候会闪现在梦里。诗歌像被还原的梦境般清晰而又空无，是对现实的反叛，具有很强保存的力量。被写下的文字一旦存在，就无法被抹去，只是有时它被深深埋藏，像是刀疤。

写作者经常是孤寂的，当我徜徉在沙滩边，我重新学会了看海。我是渔民的后代，曾祖父一辈是正宗的出海人，因为发生海难，下海成为了家族禁忌，家族的生计改为缝制船帆，祖父去世时还留下了一堆挂帆用的纯铜"拖线"。我顶多算个"渔三代"，不太喜欢渔船所发出来浓烈的鱼腥味，也不再了解船，但从不记恨海洋。闲暇之余，我经常独自骑着电动车，到海边走一会儿，在安静的礁石上坐坐，体会着海所带来的永恒的躁动和平静。坐渡轮或者捕鱼船时，我忘不了老渔民驾着舵盘的那种恬静感，船只在浪潮中颠簸，船尾经常追随着海鸥，我也慢慢习得了辽阔的孤寂。海洋也成了我创作不可或缺的一部分，我慢慢有意识地接纳它，这是以前的我所未曾预料到的。

我一直相信文字是具有魔性的，诗歌是一则咒语，编排着文字所拥有的密码，呈现出世界的神秘本身，从这方面讲它的魔力是如此古老。除了注意到闽南古老信俗所具有的魔幻色彩外，我慢慢发觉到日常生活也具有魔幻性质，有时候表现为虔诚，有时候表现为荒谬，有时候表现为梦境。世间百态，冷暖自知，那么多人出于自我保护或者欲望，不断扮演着笑面人、套中人、局外人的角色，更可悲的是生命的固化、异化，这本身就非常显得非常魔幻。生活能改变很多事情，很多不可思议的事情正在爆炸式地发生，却并不一定被看见。诗歌写作因为直接面对人的处境，直指人性，而具有天然防止人性异化的功能。目前的世界过于统一了，这本身就是无趣的。诗人如果能为战士，那是被逼的，诗歌非工具，诗歌的出现不是为了对抗，在很大一方面"介入式"的诗歌容易生硬。但从另一方面讲，呐喊、愤怒、反对都只是内心流露的自然的一部分，是力量。

写作具有赋予的能力，这个世界需要文学的心灵去确认，尽管这个世界我们已经越来越不懂。写作绝对不是单一的心灵世界的显现、投射，诗人看到无数隐秘的世界，通过诗歌重新构建出其虚无的形体。诗歌是从现实境向超越境挖出的一条地下通道，诗人通过文字连接那些不能连接的空间，让各种存在折叠在一处，将发生和尚未发生的事件都折叠到一首诗的狭小空间内，诗意就显现在那里，像幻化出的一座空中之城，这是一种温和的创造。

诗歌是复合的产物，诗歌就像海水一样，有着多重来源，又构成了它自己。"少即是多"的反面是"多即是少"，繁简之间是相互转换的。因为江湖的汇入，海水集聚了无量的水，里面的非生命和生命组成了一个自我系统，"渊渊其渊，浩浩其天"，自然会出现各种复杂的裂变。从我生活的洞头岛来讲，其文化特征也是一样的，处于闽南和瓯越文化交融之地，文化是杂交的、混合的。我所见到的中华文明也是如此，不管是从血统还是道统的角度来看，中华民族可能早就不是原来汉朝时候的中华民族，也不会是宋朝时候的中华民族。尚且不论儒家文明是否已经失效，商业、网络、智能、星际等新文明在不断冲击着我们的观念，未来已来，当代文明必定是混血的产物，肯定是复合的。不管是否愿意，现实即是如此，我在《混血果》里写嫁接果物的境况，"或许，每次篡改都挣脱出一次/创世。它们将不再返回"。一旦开始，我们就不再能返回了。

　　诗歌替我们看见，替万物说出它的心灵之语，甚至比万物更了解自己。日常里的我们是盲目的，无法透视自己，通过诗歌，作者本人有幸看见了多重的自我层次，写作打开了和自己对话的可能。说出镜子内部的语言，诗歌替万物开口说话，诗人的声音依旧带着天地的原始灵动，像一位通灵者。一朵在路边生长的野花，一个被小朋友玩旧了的小玩具，当它们被写下，三者就合一了，诗人、诗歌、万物之间发生了非常微妙而不解的关联，成为一种旧的又是新的存在。

　　诗歌本身应该是某个生命体因对世界的触发所流淌出的歌声或者是哭声，像一朵自我受孕的花冠，你说不出它为什么这样，写作过程很像投胎，仿佛有个飘荡的灵魂在寻找肉身，当找到时它会义无反顾地扑进来，新的生命在子宫里静静发育，然后痛苦地经过产道，发出一声啼哭。

困顿与自由，瞬间与永恒，似乎渴望又必然缺乏传奇，我们这一代圈于日常又想脱离日常，活在悖论之中。遇到麦豆时，他说起进编辑部前将自己想做的事全部做了一遍，北漂、流浪、支教，做过很多职业，很让我美慕。但更多的青年诗人，可能和我差不多，从小看着武侠、神话长大，错以为自己天赋异禀，充满涌动的浪漫想象，慢慢发现了无奈和束缚，留下的更多是奔腾的沉默。曾经访千岛湖深处的一个生态村，我搭着出租车进去时，迎面的一辆皮卡上坐着一车光着黝黑膀子的年轻人。我知道他们选择了一种浪漫的诗意。选择是需要勇气的，每个人都选择了自己的命运。或许我们注定要在不断寻找自我的过程中行进，永远没有尽头。陷入到生活之中，写作和行走具有改变的力量，依旧应该是需要坚持的，也肯定是幸福的。

时间过得飞快，逼近中年了。这本诗集集结了 2017 年到 2021 年 4 月的作品，算是 5 年合集，选定约 140 首，和《春天符》都没有重复。每一本诗集，都像是漂浮着的空间站。是以为记。

2021 年 5 月余退于温州洞头